最後の晩ごはん

優しい犬とカレーライス

角川文庫
23824

登場人物

イラスト／くにみつ

五十嵐《いがらし》海里《かいり》

元イケメン俳優。
現在は看板店員として
料理修業中。

夏神《なつがみ》留二《りゅうじ》

定食屋「ばんめし屋」
店長。ワイルドな風貌。
料理の腕は一流。

ロイド

眼鏡の付喪神。海里を
主と慕う。人間に変身
することができる。

最後の晩ごはん　優しい犬とカレーライス

仁木《にき》涼彦《すずひこ》

刑事。一憲の高校時代の親友。「ばんめし屋」の隣の警察署に勤務。

里中《さとなか》李英《りえい》

海里の俳優時代の後輩。真面目な努力家。舞台役者志望で、現在は療養中。

淡海《おうみ》五朗《ごろう》

小説家。「ばんめし屋」の馴染み客。今はもっぱら芦屋で執筆中。

最後の晩ごはん 優しい犬とカレーライス

五十嵐《いがらし》一憲《かずのり》

海里の兄。公認会計士。真っ直ぐで不器用な性格。

砂山《さやま》悟《さとる》

カフェ兼バー「シェ・ストラトス」オーナー。元テレビ局のプロデューサー。

倉持《くらもち》悠子《ゆうこ》

女優。かつて子供向け番組の「歌のお姉さん」として有名だった。

プロローグ

　今日も、朝から陽射しが強い。

　毎年、テレビの天気予報で決まり文句のように「記録的な猛暑」というフレーズを聞くものだから、むしろ「通常の暑さ」がどれほどのものだったか、思い出せなくなってしまった。

「今日も、三六度とか七度とか、余裕で行っちゃうのかな。八月だからしょうがない、か」

　早くも額にうっすら滲《にじ》んだ汗をTシャツの袖《そで》に吸わせながら、里中李英《さとなかりえい》は、色素の薄い目を眩《まぶ》しそうに細め、午前十時にしては、あまりにもぎらついた太陽を見上げた。

　彼が今暮らしているのは、所属している芸能事務所が用意してくれた、都内某所のマンションの一室である。すぐ近くに事務所のオフィスがあり、李英に何かあれば、すぐにスタッフが駆けつけられるように配慮されている。

　事務所移籍に伴って俳優業をいったん休み、関西で休暇を過ごしていたとき、李英は心臓の病に倒れた。

幸い命は取り留めたものの、経過はどうにも思わしくない。

そこで、新しい事務所の代表のひとりであり、尊敬する先輩役者でもあるサクラサケルの勧めで、李英は東京に戻り、本格的な療養生活を送ることになった。

幾度かの短い入院を経て、今はこのマンションのすぐ近くにある病院で通院治療を受けながら、リハビリテーションに励む日々だ。

といっても、日常生活のすべてが、今の李英にとってはリハビリのようなものである。こうして洗濯物をベランダに干すことですら、なかなかに骨が折れるレベルの衰弱ぶりだ。

自分でも呆《あき》れるほどゆったりしたスピードで、それでも実に几帳面《きちょうめん》に、シャツやイージーパンツ、タオルなどを物干し台に掛けた李英は、それだけですっかり疲労困憊《こんぱい》して部屋に戻り、ベッドに寝転がった。

首からかけたタオルで汗を拭い、ゆるくかけっ放しにしているエアコンの風を全身で堪能《たんのう》する。

横になっても、なかなか呼吸が落ち着かない。身体の中に熱がこもっているのに、手足の先だけが妙にヒヤヒヤして気持ちが悪い。

手探りで引き寄せた膝掛《ひざか》けで腹部を覆いながら、李英は思わず溜《た》め息《いき》をつき、白い天井を仰いだ。

（僕は本当に元気になって、仕事に戻れるんだろうか）

東京へ戻ってからも、彼は幾度か体調を大きく崩した。

そのたびに体力も体重もガクリと落ち、元に戻らないうちに、次の不調が起こってしまう。まさに負の連鎖だ。療養すればするほど、具合が悪くなっていく気すらする。

「元気になったら、バリバリ稼いで返してもらうから、心配すんな。今は、病気を治すことだけ考えてろ。困ったときに頼れなきゃ、事務所に所属する意味なんかねえだろ」

ササクラは頼もしい笑顔でそう言って、衣食住、まさに丸抱えで李英の面倒を見てくれている。本当に、俠気《おとこぎ》に溢《あふ》れた人物なのだ。

まだ所属したばかりで、事務所に何の利益ももたらしていない李英を、ササクラは少しも責めず、急《せ》かさず、それどころか「焦るなよ」と窘《たしな》めてすらくれた。

彼への敬意はいや増すばかりだが、同時に、不安と申し訳なさ、そしてどうしても、焦燥感が日々募っていく。

ほぼ毎日、事務所のスタッフが、差し入れを持って様子を見に来てくれる。

そのありがたさを嚙《か》みしめつつも、お礼を言って送り出し、玄関の扉を閉めるたび、深い溜め息が漏れてしまうのだ。

「いちいちお礼なんか言わなくていい。これは仕事のうちだから」と、皆、笑顔で言ってくれるが、優しくされればされるほど、何も返せない自分が不甲斐《ふがい》なく、いたたまれない。

自炊は難しいだろうからと、彼らが食べやすさや栄養価を考えて選んでくれたであろうお惣菜《そうざい》やスイーツを、もとから少食ぎみな李英はどう頑張っても食べきれず、結局傷ませて捨てることになる。それも、彼には密《ひそ》かなストレスだった。

何もかもが、ちぐはぐ、うらはら、空回り。

最近の李英は、何につけてもそんな感じで上手《うま》くいかない。

(東京に戻れば、専門のお医者さんがたくさんいて、いい治療法があって、なんなら治療を続けながらの復帰だって叶《かな》うんじゃないか。そんな風に思ってたの、楽天的すぎたな)

力なく息を吐いて首を巡らせると、サイドテーブルの上にポンと置かれたファッション雑誌に李英の目が留まった。

それは、「時間だけはたっぷりあるんだ。退屈するくらい元気になったら、本でも読みな」と、李英がここに越してきた日、わざわざ顔を見せてくれたササクラが置いていったものだ。

残念ながら、まだそんな気力は湧いてこない。

一度は雑誌に手を伸ばしたものの、ツルツルした表紙を指先でさらっと撫《な》でるに留《とど》め、李英はその手を胸の上あたりにかざした。もう一方の手の指先を、手首の親指側にスッと当てる。

病に倒れて以来、すっかりお馴染《なじ》みになってしまったアクションだ。

指の腹で感じる脈拍が、予想したとおり、たまにピョコンと飛ぶ。

まだ乱れてる、と小さな声で呟《つぶや》き、李英は力なく両手を下ろした。

少し疲れるとすぐ出てきてしまうこの不整脈という後遺症が、李英の回復を阻む要因の一つとなっている。

運動をして体力をつけなくてはならないが、負荷を掛けすぎるとたちまち脈が乱れるので、加減がとても難しいのだ。

舞台役者として地道な努力を何年も続け、忍耐強さと根気強さに定評がある李英も、さすがに最近では、心から諦《あきら》めという言葉を追い出しきれなくなっている。

（頑張っても、駄目なことはあるもんな）

恵まれた環境で、支えてくれる人たちも、応援してくれる人たちもいて。

それを思うと、感謝こそすれ、泣き言など言う資格はないと、李英にはよくわかっている。

それでも、心に浮かぶネガティブな感情は、自分でもどうしようもないのだ。

（きっとよくなるって言われるたびに、「そんなこと、どうしてわかるんだ」って食ってかかりたくなっちゃうのも、本当によくない。僕、どんどん嫌なヤツになっている気がする）

自己嫌悪が、頑固な黴《かび》のように、心の襞《ひだ》に添って広がっていくのを日々感じる。こんな情けない気鬱《きうつ》を、どうにかしたい。いや、してほしい。

誰かに話を聞いてほしい。相づちを打ち、慰め、ただ同情してほしい。

できる努力は精いっぱいしているのだから、「頑張れ」は言わないでほしい。アドバイスも、胡散臭《うさんくさ》いサプリメントや施術も要らない。

とても声に出しては言えないそんな思いを胸から追い出そうと、李英は力なく首を横に振った。

そのとき。

枕元に置きっぱなしだったスマートフォンが、メッセージの着信を小さな音で知らせた。

毎朝ある、事務所のマネージャーからの生存確認だろう。

すぐに返信しないと要らぬ心配をかけてしまうので、李英はスマートフォンを手に取り、そして「あれ」と意外そうにつぶらな目を見開いた。

『よ、起きてたか？』

そんなざっくばらんなメッセージを送ってきたのは、マネージャーではなく、五十嵐《いがらし》海里《かいり》だったのである。

かつては李英と共にミュージカル俳優として活躍していた彼は、数年前、女性俳優がらみのスキャンダルに巻き込まれて芸能界を追われ、今は兵庫県芦屋《あしや》市の小さな定食屋で、住み込み店員として働いている。

しかし、演じることへの熱を失ったわけではなく、芸能界とは関係のない場所に身を置きつつも、朗読の修業を続けている。

李英にとっては、今も昔も変わらず、海里は大切な先輩、兄貴分であり、切磋《せっさ》琢磨《たくま》し合う同志でもあるのだ。

「僕は、早朝の涼しいうちに散歩するように言われてるので、いつも早寝早起きですよ。先輩こそ、もう起きたんですか？……っと」

李英は、むっくりと起き上がって背もたれに身体を預けてから、返信した。

海里が働く定食屋は、日没から日の出まで営業するという風変わりな店だ。自然と、就寝は朝ということになり、いつも、海里は昼頃まで寝ている。

それなのに、今はまだ午前十時過ぎだ。

李英と違って、海里は相当に入力が速いらしい。すぐに、返事が液晶画面に表示される。

『お前に伝えたいことがあって、寝てらんなくてさ。でも、起こしちゃ悪いから、今まで我慢してた。早起きしてるんなら、もっと早く連絡すりゃよかったよ』

長年の付き合いなので、無機質な文字を目で追うだけで、李英の耳には、海里の快活でよく通る、耳に心地よい声が聞こえてくる。

「ふふ、なんだろ。先輩、凄《すご》くワクワクしてるな」

李英は、「僕に伝えたいこと、ですか？」とお行儀のいいメッセージを打ちながら、頰が緩むのを感じた。

海里は、よく自分のことを「大根役者」だと言う。

それは決して自嘲《じちょう》ではない。

俳優として、必死にもがいた時代の数々の挫折《ざせつ》を素直に受け止められるようになったからこそ、サラリと出てくる言葉なのだろう。

正直に言うと、李英は百パーセントの気持ちで「そんなことはありません」とは言えないところがある。

ミュージカルの舞台では、誰にも負けないほど強い光を放っていた海里が、テレビドラマの中では、何故かすっかり輝きを失っていた。

当時、本人に感想を求められたときは言えなかったが、海里が初めて出演したドラマをワクワクしながら見た李英は、愕然《がくぜん》としたものだ。

舞台の上では効果的だった大きな動きや感情豊かなセリフ回しは、テレビ画面の枠の中では何故か空々しく感じられてしまう。そして、李英があれほど目の当たりにしていた眩《まぶ》しいばかりのオーラは、カメラを通すと、何故か綺麗《きれい》さっぱり消え去ってしまうらしい。

そこにいるのは、哀れなまでに「普通」で、そのくせやけに不自然な言動をする、不可解なまでに華のない若い男だった。

それが、テレビと舞台の違いというものなのかもしれない。

でも一方で、李英は、舞台とテレビ、そして映画の世界を股《また》にかけ、そのすべてで成功し、高い評価を受けている役者を何人も知っている。ササクラサケルもそのひとりだ。

ということは……海里のそれは、やはりテレビのせいというわけではないのだろう。

そして、芸能界を離れてから、元いた世界を客観視できるようになった海里には、当時の自分の欠点や足りないところがよく見えているに違いない。

(でも……)

李英は、メッセージを送り、海里の返事を待ちながら微笑んだ。

(でも先輩は、昔も今も変わらず、僕にとっては眩しい人だ。不思議なくらい僕を元気にしてくれる、ただひとりの人だ)

さっきまでの塞《ふさ》いだ気持ちは、海里のメッセージでいくぶん軽くなった。テレビでどれほどパッとしなくても、本物の海里は、接する人の気持ちを明るく、柔らかくする不思議な力を持っている。

李英にとっては羨《うらや》ましくてたまらない、決して努力で手に入れることのできない、天性の「光の力」のようなものだ。

「あれ、先輩、どうしたのかな」

李英は、スマートフォンの画面を眺めて、小首を傾げた。

海里は、幾度もメッセージを入力しては消し、幾度も打ち直しているらしい。何か、迷っているとみえる。

やがて、こんなメッセージが画面に浮かんだ。

『悪い。ちょっとだけ電話していいか？　文章だと上手《うま》く伝わんない気がしてきた』

勿論《もちろん》いいですよ、僕からかけましょうか……と李英が打つより早く、スマートフォンが、今回は電話の着信を告げる。

「早いなあ、先輩は」

苦笑いで、李英は通話アイコンを押し、スマートフォンを耳に押し当てた。

「もしもし？　少しだけご無沙汰《ぶさた》でしたね。お元気ですか？」

李英が訊《たず》ねると、スピーカーから、期待したとおりの快活な声が聞こえた。

『それはこっちの台詞《せりふ》。でもまあ、俺もロイドも夏神《なつがみ》さんも元気だよ。相変わらず、仲良く店やってる。で、お前は？』

「僕は、イマイチです。治療もリハビリも停滞していて、けっこうつらいです。八方塞《はっぽうふさ》がりの気持ちっていうか、何ひとつ上手くいかないっていうか」

新人役者時代、苦楽を共にした海里が相手だと、李英の口からスルリと素直な弱音が零《こぼ》れた。

『そっか……。それってきっと、凄くきついよな。わかるなんて言われたら猛烈にムカツクくらい、きついよな』

海里は、口ごもりながら、そんなことを言った。そして、しどろもどろでこう付け加えた。

『今は我慢するしかないんだと思う。そういうときなんだと思う。そんなの、お前がいちばんわかってるのに、余計なこと言ってゴメン。力づけるようなこと、何も言えなくてゴメン。なんかそういうとき、励まされると逆にしんどいだろうなとか思うと、気の利いたことが何も出て来ねえんだよ』

芸能界を追われたとき、海里は、それこそ底辺の底がさらに抜けたようなつらい日々を過ごしたに違いない。だからこそ、安易に相手を励ましたり、楽観的な見通しを語ったりできないのだろう……と、李英は理解した。

ストレートに困っている「先輩」の様子が目に浮かぶようで、李英は、自分でも驚くほど、張りのある声で返事をした。

「僕、先輩のそういうところが好きですよ。すみません、朝から嫌な話をしちゃって。でも、つらいって声に出したら、驚くほど楽になりました」

『わかる！　そういうとこあるよな。俺でよきゃ、いつでも聞くよ。何時でも、電話してこいよ。ササクラさんや事務所の人たち相手に、ぼやくわけにはいかねえもんな』

「そうなんですよ。……あ、すみません。僕の話しちゃって。伝えたいことって、何ですか？」

李英が重ねて問うと、海里はなおも躊躇《ためら》う気配を見せてから、思いきったようにこう言った。

『実はさ、やっと、俺ん中で、少しは納得がいく朗読ができたと思うんだ。だから、誰よりも先にお前に聞いてほしくてさ。音源、送ってもいいかなって、訊ねたかった』

「それ、僕が最初でいいんですか？」

軽く驚きながら李英が問うと、海里は今度は勢い込んで、力強く『あったりまえだ！』と断言した。

『最初に聞かせるのは、お前じゃないと駄目だろ。だってお前は、仲間で、ライバルで、芝居に関しては、もう俺の大先輩みたいなもんだからさ。正直な感想が聞きたいよ。あ……けど』

「けど？」

『もし、そんな余裕ないとか、気が進まないとか、そういうことがあったら、躊躇わずに言ってくれ。聞けるようになるまで待つから。その……そういうときってあるだろ。どんな好きなアーティストの曲でも、体調悪いときは聴けない、とかさ。だから、全然遠慮しなくていいから。無理しなくていいから。あっでも、いつかは聞いてほしいっていうか！』

普段の明朗快活な海里らしからぬ、迷いながらの訥々《とつとつ》とした物言いである。

スピーカーの向こう……遥《はる》か兵庫県の小さな街にいる海里が、狭い自室の布団の上で胡座《あぐら》をかき、神妙な顔で、考え考え喋《しゃべ》る姿が目に浮かび、李英は微笑んだ。

「聞きますよ。時間は、たっぷりありますから。何度だって繰り返して聞きたいです」

『マジで？』

途端に、海里の声のトーンが跳ね上がる。李英は、目の前に海里がいるかのように頷《うなず》いた。

「そして、僭越《せんえつ》ながら、厳しく駄目出しをします」

『望むところだよ！　けど、無理はすんなよ』

「はい。……何だか、ちょっと楽になりました」

『ん？』

李英は微笑んだままで、胸に手を当てた。

「僕、自分を追い込みすぎていたみたいです。色んな人たちに迷惑をかけて、お世話になって療養してるんだから、病気を治すことにパワーのすべてを使わなきゃいけない。そう思って、一日じゅう、病気のこととか、身体のことだけを考えて暮らしてました」

あ～、と海里は間の抜けた相づちを打つ。李英は、無意識に自分の胸に片手を当てた。

「だけど今、先輩から朗読って言葉を聞いて、胸の中にわーっと風が吹き込んできたみたいな気持ちです。……その、上手く言えないんですけど」

『いいよ、思ってること、聞かせてくれよ』

海里に促され、李英は正直な気持ちを口にした。

「東京に戻ってからの僕は、たぶん、『健康を取り戻すこと』を目的にしてたんです」

『それでよくね？』

「いいと思ってたけど、ちょっと違うかも。僕は、『一生、役者で居続けるため』に、健康を取り戻したいんです。健康になることは、ゴールじゃない」

海里が小さく息を呑《の》んだのが、李英には感じられた。

『あー。何となく、わかった。目の前の壁だけずーっと見続けて、その向こうにあるもんのことを忘れて、しんどくなってた感じ』

「そう、それ！」

李英は、思わず柔らかなベッドを手のひらで叩《たた》く。海里も、楽しそうに声を弾ませた。

『なるほど。わかる。……お前、真面目だからさ。ちょっと、息抜きもしろよ。テレビ観るのも、音楽聴くのも、本を読むのも、俺の朗読に駄目を出すのも、全部リハビリだよ。役者のリハビリ』

「ほんと、そうですね。……よーし、今日は、先輩の朗読を聴くのを、『役者のリハビリ』最初のエクササイズにします！」

『おう。そんじゃ、このあとすぐに、クローズドでネットに上げたデータのURLとパスワードを送る。急がないからな！』

「了解です」

通話を終えた李英は、スマートフォンを胸に押し当て、ふうっと息を吐いた。

さっきまでの鬱々《うつうつ》とした空気は、海里が吹き飛ばしてくれた。まだ、頑張れる。まだ、踏ん張れる。

そんな前向きな思いを胸に、李英は小さく「よし」と頷き、すっくと立ち上がった。

一章　継ぐ者たち

ギラギラと照りつける真夏の太陽。

そんな手垢《てあか》のついた表現が頭をよぎる程度には、陽射しは強いを通り越して、もはや痛い。空から降り注いて皮膚をチクチクと刺す、無数の針のようだ。

「たまらんなぁ」

大きくて肉厚な手を額にかざして青空を見上げ、夏神留二《なつがみりゅうじ》はなお眩《まぶ》しそうにギョロ目を細めた。

そんなささやかな動作でも、日々の仕事で鍛えられた二の腕の筋肉が盛大に盛り上がり、Tシャツの袖口《そでぐち》を限界まで引き伸ばす。

今日も、兵庫県芦屋市、阪神芦屋《はんしんあしや》駅近くにある定食屋「ばんめし屋」前で、店主の夏神は、仕込みに取りかかろうとしていた。

彼が営む小さな定食屋は、だいたい日没から日の出まで営業するという、風変わりな店だ。

自然と、就寝は早朝、起床は正午過ぎということになる。

だが、今は午前十一時二十分。いつもより少しだけ、スタートが早い。

店の引き戸の前には、既に大きな段ボール箱が無造作に置かれていた。

蓋《ふた》はテープを貼らず半開きのまま、伝票もついていない。

実は今の時期、週に一、二度くらいのペースで、知り合いの農家が朝採りの野菜を店の前に置いていってくれるのだ。

夏神が趣味にしているボルダリングを通じて仲良くなった人物なのだが、夏野菜はとにかく成長が早く、数もたくさん採れる。

その結果、出荷に適さない規格外のサイズや形のもの、あるいはちょっとした採り遅れも増え、身内で食べてもとても追いつかないからと、夏神に譲ってくれることになった。

「タダほど高いもんはないいて、よう言いますやろ。かえって気ぃ遣わしたら悪いから、一緒に飲むとき、生ビールをジョッキで一杯奢《おご》ってもろたらそれでよろしいわ」

そんなありがたい先方の「言い値」を、夏神は恐縮しながら受け入れた。

決して大儲《おおもう》けできるような店ではないので、食材費が浮くのは願ってもないことである。

形や大きさなど、味にはほぼ関係がないし、採り遅れて成長しすぎた野菜も、工夫すれば十分美味《おい》しく食べられる。

むしろ、料理人としては、腕の見せ所が増えて面白い。

「おっ、今日は胡瓜《きゅうり》が山ほど入っとるやないか。ありがたいな。あとは、茄子《なす》と、トマトと、おお、甘長《あまなが》か!」

段ボール箱の蓋を開け、夏神は、まだヒゲを剃《そ》っていない、肉の削《そ》げた頬を緩めた。

目鼻立ちがはっきりとして、ワイルドでいかつい顔立ちの彼だが、笑うと途端に人懐っこい印象になる。

胡瓜は大小さまざま、ぐねぐねと曲がったものもある。茄子とトマトは、皮に傷が入ったもの、形が悪いものに交じって、カメムシの齧《かじ》り痕《あと》があるものも目立つが、気をつけて下処理すれば何の問題もない。

大きな甘長唐辛子をぎっしり詰めたポリエチレンの袋には、「ほんまに採れすぎた!」と殴り書きされた付箋《ふせん》が貼り付けられていた。

箱の四隅には、まるで柱のように、トウモロコシが一本ずつ立てかけられているのが面白い。

「えらいようけ、もろてしもて。今度、ご家族で店に寄ってもろて、ご馳走《ちそう》せんなんな」

笑いながら採れすぎを嘆くかの人の顔を思い出し、夏神は段ボール箱に向かって、両手を合わせた。

「おおきに！　そっちには災難かもしれんけど、俺には嬉《うれ》しいばっかりや。ありがたく使わしてもらいます」

段ボール箱を店に持って入った夏神は、さっそく厨房《ちゅうぼう》に入った。

野菜の下拵《したごしら》えは、住み込み店員である元芸能人の五十嵐海里と、その海里を主《あるじ》と仰ぐ眼鏡（にわかには信じられないことだが、本当だ）のロイドに、大半を任せることにしている。

ゆえに、早くも夏の熱気にやられかけた野菜たちを、冷水を満たした大きなボウルに放り込むに留《とど》めて、夏神は他の作業に取りかかった。

「あれっ、夏神さん、もう起きてる。おはよ」

しばらくの後、まだ眠い目を擦《こす》りながら、意外そうな顔つきで厨房に入ってきたのは、海里である。

Tシャツとハーフパンツという寝間着のままの海里の髪には、見事な寝癖がついている。どうやら、目覚めてそのまま下りてきたらしい。

「前衛彫刻みたいな頭をしよってから。色男が泣きよるで」

夏神がからかうと、海里は冷蔵庫から冷えた麦茶が入ったピッチャーを取り出し、大きなグラスに注いでごくごくと飲み干してから言い返した。

「前衛彫刻にも、色男のやつはあるんじゃない？」

自分の顔のよさを前提とした切り返しに、夏神は苦笑いする。

「そら、そうかもしれんけど。身支度せんでええんか？　今日はアレやろ、自主練」

そう言われて、海里は頷《うなず》いた。

「うん、仕込みが一段落したら、行かせてもらうつもり。だから、シャワーは出掛ける寸前にするよ。どうせ仕込みで汗かくんだし」

「合理的やなあ。けど、こっちの作業はそない頑張らんでええで。そのために今日は、仕込みさえしといたら、あとはさほど手ぇかからん献立にしとるんやし」

夏神のさりげない言葉に、海里はちょっと申し訳なさそうに眉尻《まゆじり》を下げ、「いつもごめんな、気を遣わせちゃって」と謝った。

今の海里には、芸能界への未練はない。むしろ、二度と関わり合いになりたくないとすら思っている。

だが、それとは別に、役者の仕事への熱意は少しも衰えていない。それどころか、テレビに出演していた頃より、ずっと純粋に、真っ直ぐに強くなっている。

今は、俳優の倉持悠子《くらもちゆうこ》に師事し、朗読のレッスンに明け暮れている彼は、悠子が病気療養中の留守を預かる形で、市内の「シェ・ストラトス」という小さなカフェ兼バーで二週間に一度、短い無料朗読ライブを行わせてもらっている。

今日は、そのための自主練習の日なのである。

「何言うてんねん。ろくな福利厚生のない店や、そのくらいせんでどうする。いちいち謝らんでええ。当然のこっちゃ、堂々と出掛けてくれ」

夏神は屈託なく笑い、シンクを指さした。

「野菜、ようけえもろたからな。副菜だけちょいと予定変更して、茄子の揚げ浸しにするわ。SNSのお知らせをまず変更してくれや」

「オッケー」

デジタルが苦手な夏神とは対照的に、芸能人時代からSNSを使いこなしてきた海里は、すぐにハーフパンツのポケットからスマートフォンを引っ張り出し、店のアカウントを開いて情報を書き替えた。

「本日の日替わり定食は、冷やし中華と小松菜ナムルあらため、冷やし中華と茄子の揚げ浸し！　うーん、旨《うま》そう。冷やし中華がさっぱりしてるから、揚げ物でちょいとスタミナもついて、いい変更なんじゃない？」

夏神も、我が意を得たりと大きく頷いた。

「そういうこっちゃ。素揚げで衣があれへんから、重うはならんしな。食べやすいように、揚げ浸しには大根おろしと、細う刻んだ青ジソも添えて出そか」

夏神の言葉だけで、料理の完成形が頭にありありと浮かんだのだろう、海里は目を輝かせて同意した。

「涼しげで最高！　じゃあ、茄子切ろうか？　あと、その大量の胡瓜、どうすんの？」

スマートフォンをポケットに戻した海里は、シンクで綺麗《きれい》に手を洗いながら夏神に問いかける。

夏神は、調理台で何やら作業をしつつ、迷いなく答えた。

「今日の冷やし中華でそこそこ使うやろ。残った分はパリパリ漬けにして、明日《あした》からの漬け物にしよかと思う」

「ああ、なるほど！　いいね」

「冷やし中華用にスライサーで細切りにするんはロイドのお気に入りの作業やから、あいつに置いとくとして」

「お呼びでございますか！　お待たせを致しました、海里様のお布団を干しておりましたので遅くなりました」

そんな明るい声と共に階段をとことこと軽やかな足取りで下りてきたのは、初老の英国紳士である。

こちらは朝から、きちんとワイシャツとズボン、それに夏だというのにニットベストを着込んだ彼は、本当は「年を経た眼鏡」だ。

元の持ち主に深く愛されて魂を宿した、いわゆる付喪神《つくもがみ》の彼は、今は海里を新たな主と定め、店の二階で生活を共にしている。

人間の姿に変身することにもすっかり慣れ、仕込みに接客にと、今や「ばんめし屋」になくてはならない存在である。

海里は、そんな「僕《しもべ》」を、軽く睨《にら》んだ。

「布団干しなんか、しなくていいって言ったろ。暇になったら自分でやるからって」

「そう仰《おっしゃ》って、もう二週間、敷き布団を干していらっしゃいませんでしたよ。タオルケットはまめにお洗濯なさっているので、目をつぶって参りましたが」

「ウッ」

「僕《しもべ》たるもの、主の健やかな生活をお守りし、お支えするのが務めでございますからね。布団くらいは、この眼鏡にお任せくださいませ」

ロイドはニコニコして胸を張ったが、海里は決まり悪そうにボサボサの頭を掻《か》く。

「そりゃ、俺がズボラだったのはよくないけど、いくら眼鏡でも、他人に布団を干してもらうのはさすがに恥ずかしいって。これからは、自分でもっとちゃんとやるから」

「そうしていただけると嬉しゅうございますね。ところで、夏神さま。胡瓜《きゅうり》が何と仰せでしたか？」

優しくも厳しい、僕《しもべ》というよりは保護者のごとき口ぶりでそう言ったロイドは、夏神に問いかけた。

二人の関係性を面白がるような顔つきをしていた夏神は、小さく咳払《せきばら》いして、こう言った。

「あー、と。冷やし中華に載っける具材の胡瓜、ロイドに頼もうかと思うてな。適当な長さに切って、あとはスライサーや。去年もさんざんやってもろたやろ？」

ロイドは晴れやかな笑顔で、胸に片手を当てる。

「かしこまりました！　眼鏡もスライサーも、人間にとっては便利な道具という共通項がございます。同族の扱いは、わたしにお任せあれ！」

「同族……やろか。いやまあ、ええか。よろしゅう頼むわ」

張り切ってシャツの袖《そで》をまくり上げ始めたロイドから海里へ、夏神は視線を移した。

「ほな、お前は茄子《なす》を切って水にさらすんだけ、やっていってくれ」

「それだけで、ホントにいいの？　まあ、開店前に必ず戻るから、それからは何でもやるけど」

まだ少し躊躇《ためら》いがちな海里に、夏神は悪戯《いたずら》っぽい笑みを浮かべてこう言った。

「おう、戻ったらまた頼むわ。そやけど、帰りを急がんでええで。存分に稽古《けいこ》してこい。ほんで……お前もロイドも、しばらくは俺のほうを見んと作業しとけよ」

「は？」

夏神の思わぬ指示に、海里とロイドの疑問の声が、綺麗に重なる。

「ええから。ほい、作業開始！」

小さな店とはいえ、主《あるじ》の言いつけは絶対である。

海里とロイドは訝《いぶか》しげな視線を交わしたが、結局、承諾の返事だけをして、それぞれの仕事に取りかかった。

やがて、海里がボウル山盛りの茄子を大きめの一口大に切り分け、たっぷりの水にさらしたところで、夏神が「よっしゃ、できた」と言った。

「お？　もう見てもいい？」

「ええで」

夏神の許可が出たので、律儀に彼に背を向けていた海里は、身体ごと夏神のほうを向く。スライサーで胡瓜を次から次へとひたすら千切りにしていたロイドも、手を止めてその場で夏神のほうを見た。

「ほい。これ持って行ってくれ」

そう言って夏神が両手で持って差し出したのは、大きな密封容器を二つ重ねたものだった。

中身が幾分透けて見えるので、海里は目を細くして観察してから、「片方は……パン？　食パンが入ってるよな？　もしかして、サンドイッチ？」と推理した。

夏神はニヤッとして「若いもんは、目ぇがええな」と笑った。

「どんなもんかわかったら、おもろないやろ。せやから、具材は秘密や。これ持って、淡海《おうみ》先生と一緒に食うてこい」

そんな夏神の言葉に、海里は「また？」と眉《まゆ》をひそめた。夏神も、苦笑いで頷《うなず》く。

「またしばらく姿を見てへんから、今朝、淡海先生に電話したんや。ほしたら、案の定、いつもの夏バテに加えて、筆が乗ってしもて、食べるほうに意識が回らんて言うてはってな」

海里の形のいい眉間《みけん》に、ギュッと縦皺《たてじわ》が刻まれる。

「ああー。マジでまたそれか！」

「それは心配なことで」

海里とロイド、それぞれの反応にまとめて一度頷いてみせ、夏神は海里が持ってきたビニール袋に容器をそっと入れながら、ちょっと物欲しそうにしていたロイドに声を掛けた。

「俺らの分も用意したから、俺とロイドは、芦屋川の河川敷にでも行って……いや、それは暑いか。まあ、茶の間を涼しゅうして食うとしようや」

「はいっ、喜んでお相伴にあずかります！　では、海里様は疾《はや》く淡海先生の御許《みもと》へ。お昼を済ませておしまいになっては大変ですから」

ロイドは喜びつつも、時間を気にした。時刻は、午後一時を少し過ぎてしまっている。一般的なタイムスケジュールで暮らしている人ならば、なるほど、昼食が終わる頃合いだ。

しかし、夏神と海里は、「ないない」と声を揃えて片手を振った。まるで、アイドルユニットのようなユニゾンぶりである。

「自分で昼飯をちゃんと用意して食うような人なら、俺も夏神さんも心配しないっての。なあ？」

海里の自信たっぷりな発言に、夏神も腕組みして同意する。

「そやそや。夏場は特に食が細うなってしもて、おにぎりも喉《のど》を通らん言わはるときがあるくらいやからな。ちょっとでも軽うつまめるように、パンにした。それに、パンやったら水分もようけ摂《と》りとうなるやろ。色々無理ない範囲で補給してきたってくれや」

淡海は売れっ子作家で、海里がこの店に来る前からの常連客だ。エッセイで「ばんめし屋」をさりげなく紹介してくれたこともあり、夏神にとっては大事な恩人なのだろう。

「夏神様のお心遣い、さすがでございます。海里様、ご昼食もお稽古も、しっかりお励みください。お店のほうは、このロイドにお任せあれ！」

「いやあ、まあ、うん、じゃあ、夏神さんのサポートは頼むな」

若干不安げにそう言い置いて、海里は手早くシャワーを浴びてこざっぱりした服装に着替え、サンドイッチを保冷バッグに詰めて店を出た。

勝手知ったる夏神のスクーターに跨《また》がり、向かうは山手《やまて》にある淡海の自宅である。

海と山が近接する、独特な地形の芦屋市だけに、いわゆる「まったくの平地」はそう多くない。芦屋川沿いにほぼまっすぐ北上すると、たちまち六甲山《ろっこうさん》に向かう山道が始まる。

淡海が伯父《おじ》から譲り受けて一人暮らししている邸宅は、そんなぐねぐねした急坂の途中、地元の氏神である芦屋神社のすぐ南側にあった。

元来、身の回りのことに無関心な傾向のある淡海は、仕事で東京に滞在することが多かったせいもあり、自宅が荒れ放題でもあまり気にしていなかったらしい。

それでも最近は、テレビ出演を控え、ほぼ自宅で過ごすようになり、少しずつ生活環境を整えつつあるようだ。

「おっ！　門扉が直ってる」

先日まで、門扉の蝶番《ちょうつがい》が錆《さ》びて壊れてしまい、まったく扉の用をなしていなかったのだが、今日はきちんと元に戻され、塗装もやり直してある。

黒い艶《つや》のある塗料で塗られた門扉は、見違えるように立派だ。

「庭もだいぶ綺麗《きれい》になったし、脱お化け屋敷が進んでるなあ」

感心しながら門扉を開けた海里は、扉の内側にスクーターを置いた。

いつもなら、そのまま勝手口に回り、淡海が二階に構えてくれたレッスン室に直接入るのだが、今日は「お誘い」が必要だ。

海里は門扉の脇にあるインターホンを鳴らしてみた。

ピーーーーーンポーーーン。

いかにも昭和然《しょうわ》とした、ぴょんと飛び出したボタンを押すと、間延びした呼び出し音が一度、二度と聞こえる。

「インターホンもそろそろ交換したほうがいいんじゃねえかな。これ、ちゃんと家の中でも聞こえてるんだろうな……？」

海里が不安になる頃、ようやくスピーカーから『はぁい』という、いかにも弱々しい、酷《ひど》くひび割れた声が聞こえた。

淡海が声が酷いわけではなく、おそらくはインターホンのマイクがもう駄目になりかけているのだ。

自分の声もこんな感じで淡海に聞こえているのではないかと危惧《きぐ》しつつ、海里はできるだけ滑舌よく、敢《あ》えてざっくばらんに話を切り出した。

「ども、五十嵐です。自主練させてもらいに来たんですけど、夏神さんに昼飯持たされたんで、ご一緒にどうですかってお誘いしようかと。もし食えそうなら、手が空いたタイミングで稽古場《けいこば》に顔出してもらってもいいですか？」

またしばらく間があって、『わかった～。しばらく稽古してて』と、どうにか聞き取れる声が返ってきた。

了解です、と返事をして、海里は踵《きびす》を返した。向かう先は、いつもの勝手口だ。

（どうやら淡海先生、食えないほどバテてはいないみたいだ。よかった）

いくら夏神が工夫を凝らして弁当を用意しても、淡海が「食べたくない」と言えば無理強いはできない。

まずは、夏神の気持ちを無駄にせずに済みそうなことにホッとしつつ、海里は勝手口から専用の外階段を上がって、レッスン室の鍵《かぎ》を開け、中に入った。

自宅をリフォームするとき、淡海は空いていたこの部屋を海里と李英の自主練習のために整え、開放してくれた。

いつでも好きなときに来られるようにと、鍵すら預けてもらっている。

今は、李英が東京で病気療養中なので、海里ひとりのための贅沢《ぜいたく》な空間だ。

「さてと、淡海先生が来る前に、身体をほぐしちゃおうかな」

文字どおり青春を燃やしたミュージカル俳優時代に、ストレッチの重要性は叩《たた》き込まれている。

低予算ゆえ、代役などほぼいない座組だったので、舞台に穴を空けることは許されない。厳しいスケジュールは若さでどうにかこなせるとしても、激しい動きを伴う演目だけに、怪我はつきものだ。

負傷してもできるだけ軽く済むようにする方法のひとつが、稽古や本番前後の入念なストレッチだった。

当時のトレーナーに教わったストレッチを基本に、倉持悠子に教わったクラシックバレエの動きを足し、自分なりにアレンジした内容をひととおり丁寧にやると、全身がほどよく解《ほぐ》れ、温まり、関節が滑らかに動くようになる。

持ち込んだ音楽プレーヤーでお気に入りの曲をかけつつ、海里は身体のパーツをひとつひとつ確かめるように、ゆっくりと身体を動かした。

筋肉を伸ばし、緩め、身体の動きと呼吸を協調させていくのは、とても気持ちがいい。

血液が指先、つま先まで巡るのをイメージしながら、伸びやかに身体じゅうを目覚めさせてから、海里はレッスン室のど真ん中にパイプ椅子を据え、そこに深く腰を下ろして、台本を広げた。

ひとりで「シェ・ストラトス」の舞台を務めるようになってから、海里が朗読するのは、きまって淡海五朗《ごろう》作の短編だ。

短編というよりは、習作なのだと淡海は最初に説明した。

つまり、彼がこれから書こうと思っている作品のごく一部、あるいは一場面を海里に朗読させることで、それをどのように展開させていくかを考えやすくなるらしい。

このレッスン室を海里に提供しているのには、そういう実利的な理由もあり、それは海里にとっても願ったり叶《かな》ったりである。

たとえ習作でも、いや、習作だからこそ、淡海の短編は実にバラエティに富んでいて面白い。

次回、舞台で披露する予定の習作などは、「吾輩《わがはい》は猫である」どころか、なんと街路樹が主人公、そして語り手である。

しかも、その街路樹は、二日後に伐採されることが決まっている。

植えられたばかりの若木の頃から何十年も、ずっと道を行き交う人々を見つめ続けてきた街路樹の想いと、その街路樹を見ながら育ち、歳を取った人々の想い。

本来ならば交わるはずも通じ合うはずもなかった木と人の心が、小さな奇跡を起こす……のではないかと海里は推測したのだが、肝腎《かんじん》の作者である淡海は「さあ、どう転ぶかなあ」とチェシャ猫のような笑顔で空とぼけていた。

現時点で海里の手元にあるのは、とある女性に対する、街路樹の独白だけだ。

それだけでも十分に切なく、優しく、胸を打つ文章なので、海里は早く続きが知りたくて仕方がない。

とはいえ、今は与えられたこの一節を、心をこめて朗読しなくては、と、海里は深呼吸して背筋を伸ばした。

ここに来ない日も、「ばんめし屋」の仕事の合間、あるいは寝る前の僅《わず》かな時間に少しずつ練習はしている。しかし、やはり広い部屋で遠慮なく声を張ることができるのは、海里にとってはありがたい限りである。

「人間は、自らの意思で動くことができる。たとえ刑務所に入っていようと、狭い房の中をウロウロすることくらいは許されよう。しかし、街路樹は違う。みずから動くことはできない。人が植えたその場所で、生き続けるしかない。人に切り倒される、そのときまで」

冒頭の文章を、声音やスピード、抑揚を変えて、何とおりかやってみる。

それなりに年を経た樹木の独白なのだから、いつもよりも重厚な感じで、嗄《しわが》れたとまではいかなくとも、年寄りらしい落ち着いた低い声で読んでみようと、自室で練習していたときは考えていた。

しかし、録音してスピーカーから大きめの音で流してみると、どうにもわざとらしい感じがする。

実年齢は如何《いかん》ともし難いが、いかにも若者が、古臭いイメージどおりの年寄りを演じているような嘘くささがあって、むず痒《がゆ》くなってしまう。

演者である海里がそうなのだから、聴衆はもっとそう感じるに違いない。

「駄目だな、こりゃ」

録音データをうんざりした顔で消去して、海里は「待てよ」と首を捻《ひね》った。

幼い子供が大人になり、さまざまな経験をして初老になるまでを見守っていた街路樹は、当然、自分も年老いていると海里は思い込んでいた。

しかし……。

「樹木の寿命は、人間よりたぶん長いよな。となると、別に街路樹はジジイでなくていいのか。むしろ、三十代とか四十代なのに、いきなり伐採されちゃうってことに……うわ、たまんねえな」

みずから動くことができない樹木が、自分の意思とは関係なく道沿いに植えられ、そして人間の都合で、寿命を迎える前に切り倒される。

その理不尽が、海里の胸をチリッとさせた。

「ってことは、俺よりは年上としても……そうか。兄ちゃんとか、仁木《にき》さんとか、夏神さんくらいの感じでやったほうがいいのかも」

自分の知る年上男性を思い浮かべ、海里は小さく頷《うなず》いた。

「街路樹の性別は書いてなかったから、別に女の人でもいいんだけど、なんか俺のイメージ的に男なんだよな。よし、ちょっと方針を変えてやってみよう」

咄嗟《とっさ》に思い浮かんだ三人のうち、実の兄である一憲《かずのり》のことを思い浮かべながら、海里は新しい声のイメージを頭の中で定めた。

まだまだ伸びしろはある。思い描く将来もある。だが同時に、少しずつ衰えを感じ始めている。痛む古傷もある。

そんな微妙な年齢に差し掛かった、歳の離れた兄を思いながら、海里はさっきと同じところをもう一度読んでみた。

さっきよりは、ずっとしっくり来る。

録音したデータを再生して、海里が「ああ、うん」と納得の声を上げたとき、扉の外から拍手が聞こえた。

言うまでもなく、淡海である。

海里は、苦笑いで立ち上がった。

「もう、また立ち聞きですか」

今さら小さくノックをして、淡海がニュッと入ってくる。

「だって、邪魔をするわけにはいかないじゃないか」

悪びれない笑顔でそう言って、淡海は広いレッスン室をぐるりと見回した。

「ところでお昼、ここで一緒に食べるのはどう？」

淡海の申し出に、海里は少し戸惑って室内を見回した。

「でもこの部屋、椅子はあってもテーブルがないんで……」

「床でいいじゃないか。ピクニックみたいでさ。本当のピクニックは、こう暑くちゃ難しいし。敷物は持ってきた」

そう言って、淡海は小脇に抱えていた敷物を広げ、海里が座っていた椅子のすぐ近くに敷いた。

いわゆる、い草ラグの類《たぐい》だ。内部に薄いが弾力のある素材が入っているので、ただの茣蓙《ござ》よりは座り心地がよさそうである。

「あー、いいっすね、なんか」

海里も俄然《がぜん》乗り気になって、部屋の片隅に置いてあった保冷バッグを持ってくる。

「夏神さんが、飲み物も紙皿も紙コップも全部持ってけ、って。準備万端っす」

そう言いながら、ラグの上に食器やプラスチックのカトラリー、大きな密封容器を並べていく海里の手際のよさに、こちらは呑気《のんき》に胡座《あぐら》をかいた淡海は、興味深そうに細い目を輝かせる。

「室内ピクニックもいいね。座布団がなくても平気かい？　厚みのある敷物を見つけて来たつもりだけど」

「うん、全然大丈夫ですよ。はい、おしぼり」

「おや、至れり尽くせりだな。ではせめて、飲み物は僕が注ごう」

淡海は、海里が保冷バッグに入れてきたペットボトルの麦茶を、紙コップ二つに注ぎ分けた。

二人はまず、冷えた麦茶で乾杯することにした。

「じゃあ、マスターのご厚意に甘えて。君の貴重なレッスン時間を奪ってしまって申し訳ないけれど」

「や、俺もちょうど、ひと休みのタイミングなんで。それに、先生にしっかり食って貰《もら》えって、夏神さんに言われてますから。ほんじゃ、乾杯」

海里は、自分の紙コップを、淡海のそれにちょんと当てる。無論、音などしないのだが。

淡海は、旨《うま》そうに麦茶を一口飲んで、いつも以上にゲッソリ痩《や》せた頰を片手で撫《な》でた。

「不思議だな、君の顔を見ると、久しく感じたことのなかった食欲が甦《よみがえ》るよ」

「条件反射じゃないですか？」

「かもしれないね。君の顔を見ると、『ばんめし屋』、そしてロイドさんとマスターを思い出すからかもしれない。あの温かな空気ごと出前をしてもらったみたいで、嬉《うれ》しいよ。で、今日は何を食べさせてくれるのかな？」

「珍しいですよ。夏神さんが作ってくれた今日の弁当は、まさかのこれでーす！」

海里がラグの上に所狭しと並べた密封容器の蓋《ふた》を次々と開けていくと、淡海の口が、綺麗《きれい》な「O」字に開いた。

「まさに、まさか、だね。あの夏神さんが、サンドイッチ弁当……ああいや、これはサンドイッチ……それとも、パンとおかず？」

「俺も、実はちょっと驚きました。サンドイッチとしか聞いてなかったんで」

二人の反応も、もっともだった。

夏神が海里に持たせたのは、サンドイッチ用に薄くスライスされた食パンだけが詰まった容器と、それとは別に、様々な料理を少しずつ詰め合わせた容器だったのである。

指先で、いちばん上の食パンを一枚、チラッとめくった海里は、納得の面持ちで言った。

「なるほど、お好みサンドイッチ弁当って感じですね」

「ふむ。自分でサンドイッチを作るってことだね？　僕があまり食べられない可能性も考えてくれたんだろう。マスターは手篤《てあつ》いなあ」

「何としても、先生に飯食ってほしいんですよ」

「かたじけない。そして面目ない」

心配をかけている自覚はあるのだろう。しおらしく詫《わ》びつつも、淡海の視線はパンと具材に早くも釘付《くぎづ》けである。

「それで、どうしたらいいのかな？」

「まずは、パンですね」

そう言って、海里はさっと手を拭《ふ》いてから、食パンを二枚ずつ、淡海と自分の皿に置いた。そして、自分の食パンを両手に一枚ずつ持って、淡海に示す。

「ほらね、これ、二枚でワンペアなんです。一枚にはバター、二枚目にはからしバターが塗ってあるんで」

淡海は、自分のパンを一枚ペロリとめくって、「おお」と驚きの声を上げた。

「ホントだ。まさに準備万端だね。あとは、好きな具を好きなだけ挟んでパクリというわけか」

「はい。これってたぶん、夏神さんがライフワークにしてる昔の料理の再現なんじゃないかな。前に見せてもらった古い料理雑誌の附録に、寿司《すし》とサンドイッチのレシピだけを集めたやつがあって、その中に、こういうのがあった気がするんですよね」

海里の記憶力に、感心したようにまた小さく拍手を贈ってから、淡海はしみじみと嘆息した。

「へええ。昭和は、僕らが思うより、ずっと進歩的で挑戦的な時代だったのかもしれないねえ。しかし、目移りしてしまうなあ。これは嬉しい悩みだよ、五十嵐君。執筆中の小説の展開に悩むのと違って、実に楽しい」

そんな、いかにも小説家の愚痴めいた感想を漏らしつつ、淡海は具材の詰まった容器を覗《のぞ》き込んだ。

「ハムに、カリカリベーコン、チーズ、レタス、オニオンスライス、ミニトマト、あとこれは……？」

「これは鮭のマヨネーズ和《あ》えっぽいですね。生鮭を焼いて……いや、茹《ゆ》でたのかな。こっちは人参《にんじん》と胡瓜《きゅうり》のラペ的なやつ、ほうれん草とシラスの、うん、バター炒《いた》めだな。あと、スクランブルエッグ、あとこれは何だろ……あ、わかった、ツナのケチャップ和えみたいです。存外旨いな、これ」

指先でちょいと摘まんで味見をしつつの海里の説明を聞き、淡海は興味深そうに呟《つぶや》いた。

「ツナのケチャップ和え。何だかちょっと珍しいのがあるね。なるほど、昭和のレシピっぽいチャレンジ精神を感じるよ」

「ですよね。夏神さん、あるもんでパパッと用意したから、お粗末やけど、って言ってました」

「何を仰《おっしゃ》るやら。贅沢《ぜいたく》なラインナップだよ。あっ、これは間違いなくマーマレードだね。甘い具材があると、味のバリエーションが突然広がっていいなあ」

「これは、こないだ、倉持さんとこにお見舞いに行って、貰ってきたんです」

海里がそう言うと、淡海はマーマレードが入った小さなガラス容器を包み込むように持ち、「おや」と薄い眉《まゆ》を軽く上げた。

「ずいぶんお元気になられたかな？　女優さんだから、他人に会うとなると、髪型や服装や化粧に気を遣うだろうと思ってね。会いに行くのはずっと控えているんだ。たまにやり取りするメールでは、元気そうにしているけれど」

「あ、俺もです。けっこう久し振りでした。『一度、練習の成果を聞かせにいらっしゃい』って言われて、朗読を聞いてもらってきたんですよ、こないだ」

淡海はそれを聞いて、ただでさえ細い目を三日月のように細めた。

「ああ、なるほど。師匠としては、『シェ・ストラトス』の舞台を弟子に預けっぱなしってわけにはいかなかったわけだね」

海里は恥ずかしそうに頷《うなず》き、ちょっと肩を落としてみせた。

「最初は『療養中だから何も言わないわよ。チェックだけ』って言ってたのに、我慢出来なくなったみたいで、結局、山ほど駄目出ししてもらいました。その間もしょっちゅう咳《せき》してたから、まだ病気のコントロールが上手《うま》くいってないのかもです。『半隠居も悪くないわよ』って笑ってましたけど」

「負け惜しみ半分、本気半分ってところかな。彼女のことだ、復帰を諦《あきら》めちゃいないだろうからね」

海里は心配そうに同意する。

「負け惜しみ八割くらいだといいんだけどな。無理してほしくはないんですけど、俺、倉持さんのファンだから。あ、そのマーマレードはお手製だそうです。旦那《だんな》さんが庭で育ててる柑橘《かんきつ》で作ったとかで」

「おお、それは貴重な品だ。心していただかなくちゃ。さて、では、僕から選ばせてもらっても？」

「勿論《もちろん》です、どうぞ。好きなだけもりっと挟んじゃってください」

海里は具材が詰まった密封容器に何本かフォークとスプーンを添えて、淡海に勧める。

「うーん、どうしようかなあ。これが和食だったら、『迷い箸《ばし》はおやめなさい』って母に叱られるところだけれど、サンドイッチだと迷い放題だ。君もうんと迷うといいよ」

そんなことを言いながら、淡海はまず、食パンにマーマレードを薄く塗った。

さらに、ハム、人参と胡瓜のラペ、オニオンスライス、ほうれん草とシラスのバター炒めと具材を少しずつ、しかし多種類重ねて、ペタンともう一枚の食パンで蓋をした。

「これでどうかな！」

「なかなか欲張りましたね！　よし、俺も」

海里も、さっそく具材を取り分けるためのスプーンに手を伸ばす。

「俺はシンプルイズベストなんで」

そう言って、レタス、オニオンスライス、ツナのケチャップ和え、スクランブルエッグであっさりしたサンドイッチを作った海里は、一口頬張って、「うん、なんか懐かしい味。俺の母親はこんなの作ったことないのに、母の味って言いたくなるやつ」と、絶妙な表現をした。

「こっちも複雑なハーモニーで美味《おい》しいよ」

淡海も、いつもの彼に似合わぬ大口を開けて、サンドイッチを頬張る。もごもごと頬を膨らませて不明瞭《ふめいりょう》に喋《しゃべ》るさまは、とても夏バテ中には見えない。

「ハーモニーになってます？」

「なってるなってる。不協和音じゃないよ。甘いとしょっぱいのコンビネーションに、マーマレードの苦みが鮮烈でありながら軽やか、そしてシラスの磯の匂いをオニオンスライスとラペが和らげてくれている。トータルすれば、美味しい、だ」

淡海の見事な食レポに、海里は自分のわかりやすい味のサンドイッチを頬張りながら、感心して唸《うな》る。

「さすが、東京で一時期、山ほどバラエティに出てただけのことはありますね。食レポ上手すぎか！」

「あはは、そこは一応、小説家だからね。語彙《ごい》の引き出しが充実していると言ってくれたまえよ」

語尾だけ文豪風にしておどけてみせた淡海は、意外に旺盛《おうせい》な食欲を見せ、休みなくサンドイッチをかじりながら、もごもごした口調で切り出した。

「ところで、さっき君がやってた、『街路樹の独白』だけど」

「あっ、はい！」

海里は慌てて口の中のものを麦茶で飲み下し、食べかけのサンドイッチを皿に戻して背筋を伸ばす。

どんなときでも、演出家の話は全身全霊で聞く。それが、ミュージカル俳優時代に身に付いた癖の一つだ。

淡海は演出家ではないが、原作者は作品を生み出した存在だ。やはり演技についてのコメントには、全力で耳を傾ける必要がある。

「どう、だったですか？　というか、どこから聞いてました？」

「んー、わりと最初から。お爺《じい》ちゃんモードの声で、何パターンかやってたあたり」

「あああ、そこからか！　どんだけ立ち聞きマンなんですか」

気配を消すのが上手というより、淡海はもとから動きがゆっくりしていて、あまり物音を立てない。まして、朗読に集中している海里には、部屋の外の雑音に気づく余裕はなく、これまでもよく立ち聞きされていたのだった。

淡海はもぐもぐと頰を膨らませて咀嚼《そしゃく》しながら、ふふっと笑った。

「だから、立ち聞きっていうより、入っていくタイミングを探っているだけなんだって、いつも。……でもね、最後にがらっと読み方を変えたでしょう。あのとき、扉の向こうにいた僕の顔、君に見せたかったなあ。きっと、顔じゅうに『エウレーカ！』って書いてあったと思う」

「……えう……れーか？　何ですか、それ」

海里は、耳慣れない言葉にキョトンとする。役者の無知を咎《とが》めるでも笑うでもなく、小説家は嬉《うれ》しそうに答えた。

「古代ギリシャ語で、何かを発見したり発明したりしたときの、喜びを表す言葉だよ。今日の場合は、発見のほうだね」

「発見？」

「我、見出《みいだ》せり！」

夏神がここにいたら、「どっちが役者やねん」と笑ったかもしれないほど情感たっぷりに声を張り上げて、淡海はサンドイッチを持っていないほうの拳《こぶし》を天井に向かって突き上げた。

半袖《はんそで》の開襟シャツから覗《のぞ》くのは、枯れ枝のように細い腕だ。迫力はないが、温和な淡海にしては、やけに力強いポーズである。

海里はやはり戸惑い顔で、「何を見出したんですか？」と問いを重ねた。

「君、少し考えてから、最後に声のトーンをちょっと若めにしたでしょう。伐採される運命の木は、自分たちが思うほど『老人』じゃないって感じで」

海里は、曖昧《あいまい》に頷いた。

「全部の木がそうってわけじゃないでしょうけど、隣の西宮市《にしのみや》に行くと、あっちこっちにでっかいクスノキがあるんですよね。何百年もそこにいるってやつ。でも、別に老木って感じじゃないんですよ。まだいける感ありありで。それを思い出しました」

淡海も「それ！」と声を上げた。

「君の言葉と朗読で、僕も気づけた。先入観って恐ろしいよね。他の生き物も、自分たちと同じ感覚で歳を取るように思い込んでしまう。『街路樹の独白』を書きながら、僕自身、何かしっくりこないと思っていたんだけど、まさに君の言うとおりだよ」

「っていうと？」

「台風の訪れや夏の暑さで、駄目になる枝はあるだろう。虫にも食われるだろう。でもまだ、終わりは見えていない。見守り続けた人間の老いを悲しみつつも、見送るつもりでいた。その人間がいなくなった先も、そこで生き続けるつもりでいた。そんな木が、老いた人間より先に命を終えることになる」

脳の回転数がそのまま話すスピードに反映されて、淡海は珍しく早口でまくし立てた。海里は、気圧《けお》されて、ただこくこくと顎《あご》を小さく動かすだけだ。

「タコには高度な知能がある。イカには生涯続く記憶力があるっていう。たとえ動けなくても、僕たちのそれとは少し違うかもしれないけれど、木にだって記憶や感情があっても不思議じゃない。それを僕らにわかるように表出する手段を持たないだけで、喜怒哀楽以外の複雑な感情があったっていい」

「お……おう、なんかちょっと怖いですけど」

「怖いものか。思えば、当たり前だよ。理不尽な仕打ちに憤り、自分の運命を嘆き、しかし逃れる手段はないんだ。しかも、自分を切り倒すのが人間なら、それを悲しんで涙を流すのも人間だ。木としちゃ、たまったもんじゃないだろうな」

「う、ううう」

何とも言えない顔つきで固まる海里をよそに、淡海は青白い頬をうっすら上気させて、力強い笑顔を見せた。

「道半ばで命を絶たれるという街路樹側の要素が、僕が書いた独白には圧倒的に欠けていた。ありがとう、五十嵐君。おかげで、視野がぱーっと開けた。やっぱり君にレッスン室を用意してよかった。Ｗｉｎ－Ｗｉｎのつもりだったけれど、僕のほうが得るものが多いなあ。ごめんよ」

最後にようやく話が自分に向けられ、海里はホッとしてかぶりを振った。

「何言ってんですか。圧倒的に俺が助かってます。先生の作品は読みやすいのに、一方で表現が難しくて、凄《すご》く勉強になります。それに、俺の朗読は下手クソでも、先生の未発表の習作目当てのお客さんがたくさんいますし」

「下書きを他人様《ひとさま》に見せるようなものだから、恥ずかしくはあるんだけどね。でも、さっきみたいな君の解釈や、お客さんたちの感想を取り込んで作品を展開するのは、とても面白い。僕にとっては、新しいチャレンジなんだ。あっ、ごめん。食べて食べて」

海里は、食べかけのサンドイッチを再び手に取り、小首を傾げた。

「それ、確かに面白そうですけど、混乱しません？　こう、他人の意見で軸がぶれるっていうか、そういうことは」

「ないね」

淡海はスッパリ否定して、真っ直ぐに海里を見つめる。

「創作する者、表現する者である以上、作品の心柱は、自ら立てるものだ。それは、誰が、何がぶつかっても、決して揺らぐことはない。そうでなくちゃいけない。心柱を倒せるのは、自分だけだよ。これは作品として世に出せないと思ったときには、自ら倒す。それは心の中で、ゆっくり朽ちていくだろう。そして、新しい作品が生まれる土壌になるだろう。創作っていうのは、その繰り返しだ」

さっきまでの興奮はどこへやら、いつもの淡海らしい淡々とした調子で語られる言葉は、不思議なほどに力強く、海里の胸に真っ直ぐに染みこんでいく。

「先生の心の中にも、倒した柱がいっぱいある……？」

「売るほどあるさ」

淡海はあっけらかんと笑い、自分の胸を指さした。

「違う言い方をすれば、倒した心柱は、挫折《ざせつ》って言うんだろうね。でも、そういうものも、創作者・表現者には必要だ。そりゃ分解に時間はかかるけれど、結果的には土壌を豊かにしてくれるものだから」

「土壌を豊かに……そっか」

「土壌は自ら充実させるもの。そして、君や朗読イベントのお客さん、読者さんがくれる感想や自分なりの解釈は、降り注ぐ雨だよ。作品の枝葉を茂らせてくれる、たいていは優しい雨だ。ごくたまに、バケツで水を掛けてくるような人もいるけどね」

何を思い出したのやら、フフッと笑った淡海は、「次は何を挟もうかな～」と、新しい食パンに手を伸ばす。

「じゃあ、俺、さっきの解釈で稽古《けいこ》を進めちゃって大丈夫ですかね？」

そんな海里のまだ少し不安げな問いかけに、淡海は海里を見ずに答えた。

「勿論《もちろん》さ。君の好きにしていい。ただ、台本は少し手直しさせて。明日《あした》の朝までに、新しいのをデータで送るから。今やってる原稿より、そっちを先にやりたくなった」

どうやら、海里の朗読が、淡海の心に火を点《つ》けたらしい。

「それはいいですけど、つか嬉しいですけど、今書いてるやつの担当さん、怒りません？」

「甘んじて叱責《しっせき》を受けるよ。執筆の優先順位は、心が勝手に決めてしまうからね。僕にはどうすることもできない」

まるで心と自分が別の存在のようにうそぶいて、淡海はさっき海里が取った「ツナのケチャップ和《あ》え」にざくりとスプーンを突き刺す。

「心が勝手に決めてしまう、か。なんかかっこいいなあ、それ」

「そうでしょう。君も使っていいよ。あっやっぱり駄目。僕が作中で使おう。君はそれを朗読してよ」

「了解っす。今の流れを覚えてたら、最高にいい感じで読めそう」

二人は顔を見合わせ、悪だくみをする子供たちのような笑みを交わすと、今度はサンドイッチのアバンギャルドな具材の組み合わせについて、議論を始めたのだった。

午後四時過ぎ。

自主練習を終えて淡海邸を辞する海里を、淡海は執筆の手を止めて、門扉のところまで送ってくれた。

「じゃあ、また。マスターとロイドさんにもよろしく。特にマスターには、よくお礼をお伝えしてもらえるかな。こんな心配をかけないように、近いうちにお店に伺いますからって」

淡海のそんな言葉に、海里は笑顔で頷《うなず》き、ヘルメットを被《かぶ》りながら言葉を返した。

「オッケーっす。でも、店に来るのは、ご無理なく、でいいですよ。先生が無事なのも元気なのも、俺ががっつりチェックしましたんで」

「それもそうか。でも、マスターの味噌汁《みそしる》が恋しい気持ちはあるからね。近いうちに。無理せずタクシーを使うよ」

「そうしてください。朗読用の習作、修正データも待ってます」

「うん、楽しみにね。だいぶボリュームが増えちゃうかもだけど」

「えっ、それはちょっとこま……あ、いや、楽しみですけど、持ち時間もあるんで、ほどほどで！　それじゃ……って、えっ？」

「あっ？」

別れの挨拶《あいさつ》を済ませようとしたところで、海里と淡海は、相次いで困惑と驚きの声を上げた。

海里の背後に、いつの間にか、驚くほど大きな、黒い犬が忍び寄っていたのである。

「うわあッ！」

驚き、恐怖にかられて、海里は敏捷《びんしょう》に飛び退《すさ》る。

しかし、いささか方向性が悪く、すぐ背後は門柱だった。これ以上、後ろへ下がることはできない。

それでも海里は、まず淡海の身の安全を確保しようとした。

「淡海先生、家の中に逃げてください！」

「あっ、う、うん……ああ、いや」

海里に促され、一度は踵《きびす》を返そうとした淡海だが、彼は何故か動きを止めてしまった。

作家の探究心がそうさせるのか、あるいは、何か思うところがあったのか、彼は門扉にへばりつくようにしながらも、やや上擦った声でこう言った。

「いや……何となく、大丈夫な気がするよ」

「ただのカンでしょ、それ！　危ないですよ、嚙《か》まれたら大怪我しそうなでかい犬だから！　家に入ってくださいってば」

海里は門柱に背中を押し当てたまま、犬を刺激しないようほんの数センチずつ、淡海のほうにズリズリと動きながら、なおも淡海に避難を促す。

だが淡海のほうは、どうやら好奇心が、驚きと恐怖に打ち勝ったらしい。彼はむしろ嬉《うれ》しそうにこう言った。

「僕のカンが大丈夫だって言ってる。この子は……黒ラブだね。懐かしいなあ」

「黒ラブ?」

ようやく淡海の隣に辿《たど》り着いた海里は、警戒心を露《あら》わに、目の前の犬を凝視した。

黒い犬は、何をするでもなく、二人の前に突っ立っている。

犬特有の呼吸音は聞こえるものの、唸《うな》り声を上げる気配は、今のところなさそうだ。

「黒いラブラドール・レトリバー、ってこと。略して黒ラブ」

こちらは妙に呑気《のんき》そうにそう説明して、淡海はこう続けた。

「少し痩《や》せているし、いささか毛艶《けづや》も悪い。病気かもしれないけれど、ヨダレまでは垂らしていないし、敵意はないようだよ。目に、優しい理知の光がある」

いかにも小説家らしい着眼点に、海里は動転しつつも感心してしまった。

「さすがですけど、マジで? 犬、詳しいんです?」

「いや、特に。小さい頃、家にラブラドール・レトリバーがいたことはあるけれど」

いつもの落ち着き払った顔つきに戻った淡海は、しがみついていた門扉から手を離し、ぺたぺたとした足取りで犬に近づいた。

「あ、ちょ、淡海先生！　野良犬に近づくのは危ないですって！」

海里は慌てて引き留めようとしたが、淡海は片手でそれを制し、「君が騒いで怯《おび》えさせなければ、大丈夫だと思うよ」と言うと、黒い犬の前に片膝《かたひざ》をついた。

「どうしたの？　どこから来たの？　首輪はないけれど、飼い犬みたいな感じがするなあ、君は」

犬はダラリと尻尾《しっぽ》を下ろしたまま、ほぼ同じ高さになった淡海の顔を、もの言いたげにじっと見つめる。

二人の姿を見つけて、どこかから駆けつけたのだろうか。ハッハッと薄く口を開けて息をしているが、特に苦しそうな様子ではない。

「ラブラドール・レトリバーって、こんなにでかいんですね。特に、顔、つか頭？　人間の赤ちゃんくらいあるんじゃないですか？」

「そりゃどうかわからないけど。……どうかな、触ってもいいかな？」

「駄目ですって。危ないから」

「君に訊《き》いてるんじゃないよ。黒ラブ君に訊いてるの。どう？　僕が触っても、怒らない？　許してくれる？」

両手をそっと犬の前に出して、淡海は優しく問いかける。

　すると「どうぞ」というように、黒い犬はわずかに頭を下げた。

「うわ、嘘だろ。言葉、通じてる？」

「通じてるねえ。ありがとう。嬉しいよ。はじめまして、僕は淡海五朗です。こっちは五十嵐海里君。君は？」

　淡海はゆっくり、手のひらが犬の視界に極力入るように動かし、首筋のあたりを撫《な》でた。

　淡海の蛮勇に半ば感心し、半ば呆《あき》れた海里は、それでも犬と淡海のほうに、小さな一歩を踏み出す。

「いくら言葉がわかるっつったって、犬に名前は喋《しゃべ》れないでしょ」

「そうやって、コミュニケーションを諦《あきら》めてはいけないよ。トライしなければ、道は拓《ひら》けないんだから」

　犬が嫌がる素振りを見せないどころか、尻尾の先を僅《わず》かに振って歓迎の意を示したことを確かめ、淡海は今度は両手で犬の頬を撫で、耳の後を掻《か》いてやりながら問いかけた。

「君の名前は？　お家《うち》は？　ご主人様はどこ？」

　まるで幼い迷子に対するような淡海の態度に、海里はただ戸惑う。

（犬好きって、みんなこういう感じなのかな。いくらコミュニケーションが取れるっ

ていっても、犬があれこれ喋って教えてくれることは百パーないと思うんだけど）

「教えてくれないと、わからないよ。悪いようにはしない。君の力になりたい」

海里の存在など忘れたかのように、淡海は犬の大きな頭に触れながら、茶色いくりっとした目を覗《のぞ》き込んだ。

（いやあ、そう言っても無理っしょ、これ。野良犬か迷い犬か。確か、迷子の動物の情報を集めるためのサイトがあるって、奈津《なつ》さん言ってたっけ。相談してみようかな）

海里の義姉、五十嵐奈津は、動物病院で働く獣医師である。おそらく、訊けばいちばんいい対処法を教えてくれるだろう。

海里がハーフパンツのポケットからスマートフォンを引っ張りだそうとしたそのとき。

「おっ」

淡海が小さな驚きの声を上げた。

「淡海先生？　あっ、こら」

見れば、黒い犬が、淡海のシャツの裾《すそ》をしっかり咥《くわ》え、強く引っ張っている。それでバランスを崩したのだろう。淡海はしゃがんだまま、片手を地面について身体を支えていた。

犬が淡海に危害を与えるのではないかと危惧《きぐ》し、海里はすぐに淡海を犬から引き離そうとしたが、淡海はそれを穏やかに拒んだ。

「いいから、君は少し離れていて。この子は、僕らに何かを伝えようとしているよ」

「ええっ？」

「情報を求めたのは僕だからね。この子がそれを与えてくれるなら、応《こた》える義務がある。どこかへ、僕を連れていこうとしているの？　そういうことかい？」

淡海の問いかけに答えるように、犬はシャツから口を離し、さあ行こうと言いたげに「その場足踏み」のような動きをして、おん、と一声だけ鳴いた。

「どこかへって……。えええ、淡海先生、行くんですか？」

困惑しきりの海里をよそに、淡海はさも当然といった顔つきで答える。

「行くとも。ここで見捨てて家に入る選択肢はないでしょう。ああでも、君はお店の仕事があるだろうから、付き合ってくれなくてもいいよ」

「いやいやいや！　ここで店に帰る選択肢は、それこそないでしょ！　俺も付き合いますよ、こいつがマジでどこかに連れていこうとしてるなら、ってことですけど」

ウォン！

当たり前だろうと言うように、犬はまた一声吠《ほ》えた。

そこに怒りや敵意がないことはわかるが、鼓膜と腹にビシッと響くような野太い声だ。

「うぉ、怖っ。淡海先生、マジで気をつけてくださいよ」

「わかってるよ。さあ、行こう、犬君」

淡海に促され、犬は坂道をダッと駆け下り、少し行ったところでピタリと止まって二人を待つ仕草をする。

淡海と海里は顔を見合わせ、ほぼ同時に、犬を追いかけて走り出した。

二章　話せたらいいのに

「まったく！　どうしてお前はそう、厄介ごとに自分から首を突っ込むんだかな」

午後九時過ぎ。

「ばんめし屋」のカウンター席に陣取り、げんなりした顔でそう吐き捨てたのは、仁《に》木《き》涼彦《すずひこ》だった。

高校時代、海里の兄、五十嵐一憲の同級生だった彼は、現在、芦屋警察の生活安全課に勤務している。

芦屋警察は、「ばんめし屋」のすぐ隣なので、仁木は、コンビを組んでいる部下の竹中《たけなか》と共に、よく食事をしに来てくれる。

だが、今夜は仁木ひとりきりだ。

客の波がいったん引く時間帯を見計らって店を訪ねてくれた彼に、海里はカウンターの中から、やけに素直に「すいません」と頭を下げた。

「ほんとに反省してんのかよ」

テーブルに片手で頬杖《ほおづえ》を突く仁木の前に、夏神は本日の日替わり、冷やし中華の皿を置いた。

「うちのイガが、えらいお世話になりました。リクエストどおりの野菜多め、タレ多めで」

なるほど、麺《めん》の上に盛りつけられた具材のうち、茹《ゆ》でたモヤシと細切りにした胡瓜《きゅうり》の量が、やけに多い。

仁木は「旨《うま》そうだ」と言ってから、誰に弁解するでもなく説明した。

「春の健康診断で、初めてコレステロールと中性脂肪が引っかかりまして。どうも隠れ肥満っぽいんで、ちょっとだけ気をつけてるんです。自炊はなかなかできないし、せめて外食で、こうして我が儘《まま》を言えるときは野菜多めにしようかと」

「なるほど。ええことやと思いますよ。なんも気にせんよりは、絶対にええはずや。ほい、茄子《なす》の揚げ浸し。こっちは俺が勝手に、大根おろし大盛で」

「あ、どうも。その『勝手に』は嬉《うれ》しいな」

皿の横に添えられた辛子を箸《はし》に取り、そのまま冷やし中華の全体をガシャガシャと豪快に混ぜながら、仁木は夏神をチラと見た。

「すんません、行儀悪くて。俺、こういうのは全部、がっつり混ぜて、どこもかしこも同じ味にしてから食いたいほうなんです」

夏神は笑ってかぶりを振る。

「ええん違いますか？　食べ方は人それぞれで。冷やし中華もカレーも、ガッと混ぜてしもて食うんは、特別な旨さがあると思いますけどね。行儀のことは、この店では気にせんといてください」

「そう言ってもらえると助かります。正直言うと、カレーも混ぜ倒して食いたいほうなんですよ、俺。飯もルゥも生卵も全部ぐっちゃーと。さすがにもう大人なんで、人前ではやらないですけど。高校くらいまではやってたな」

そう言いながら、仁木は箸で挟めるギリギリの量の麺を取り、ガバリと頬張った。

ワイルドだが、不思議と下品には見えない。いかにも、元運動部男子という感じの元気のよさだ。あるいは、警察官という仕事柄、ゆっくり食事ができる機会のほうが少なく、どうしても早食いになってしまうのかもしれない。

軽くタレの酢に噎《む》せながらも、勢いよく冷麺をすすり込み、瞬く間に七割ほど食べてしまった仁木は、そこで所在なげに立っている海里を見た。

「今は他にお客さんがいないし、ここで話していいな？　さっきは淡海先生が一緒だったから、あんまり突っ込んだ事情は聞けなかっただろ。俺は生活安全課の人間だし、上から連携しろって命令がない限り、他部署である刑事課の仕事にクチバシを突っ込むわけにはいかねえんだ」

「お前と淡海先生の身元を証明して無事に家に戻せば、あとはよろしくと知らん顔を通すのが筋なんだろうが、淡海先生はともかく、お前は一憲の弟だ。さすがに気になるんでな。晩飯を食いがてら、改めて話を聞きに来た。非番の俺を呼び出した詫《わ》びとして、洗いざらいちゃんと話せ。オフレコってことでいいから、最初から最後まで、何があったかを包み隠さず！」

夏神たちの手前、仁木は声音こそまあまあ穏やかだが、その言葉の端々にはトゲがある。しかし、彼に厄介をかけたことは事実なので、海里はやはりしおらしく返事をした。

「うう……はい」

いちばん多忙な時間をやり過ごして休憩中の夏神と、洗い物をしながら様子を窺《うかが》っていたロイドも、順番に言葉を発した。

「そやそや。お前が戻ってきたとき、もう店を開けとったから、俺らもまともに事情を聞けてへん。何があったんか、構わんのやったら俺らにも教えてくれや」

「そうでございますよ。淡海先生と、黒いお犬さんを追いかけていった先で大変なものを見つけて、警察のご厄介になり、仁木様が身元を保証してくださったので無罪放免になった……と伺っただけでは、ただただ不可解でございます」

「いや、別に俺が身元を引き受けたから無罪放免になったってわけじゃないんですけどね。本当にこいつと淡海先生が滅多なことはしてねえだろうって、とりあえず判断されたからであって」

仁木は困り顔でそう言ってから、無精ひげが生えたままの顎《あご》をしゃくって、海里に話すよう促した。

海里は、もじもじしながらも、素直に打ち明ける。

「だからさ、淡海先生んちで朗読の自主練をして、ついでに淡海先生の、ネタ出し？　ブレインストーミングとかいうの？　そういうのにちょっとだけ付き合って、そんで開店に間に合うように帰ろうとしたとき、突然、犬が現れたんだよ。黒くてでっかい犬。冗談みたいに頭がでかくて、俺、ビビっちゃってさ」

「黒くて大きなお犬さんが！　よく襲われませんでしたね。お二方がご無事でようございました」

ロイドの言葉に、海里は頷《うなず》く。

「ホントだよな。てっきり野良犬だと思ったから、俺は震え上がってた。でも、淡海先生はすぐに大丈夫そうだって言ったんだ。なんか、理知の光が何とかって言ってた」

「理知の光？　何だそりゃ」

仁木は呆《あき》れたように首を振る。日常的に職務上の厄介ごとを抱えているのだろう。

彼の眉間《みけん》には、常に溝のようにクッキリと縦皺《たてじわ》が刻まれている。

「黒いラブラドールだって、淡海先生、すぐ犬種を当ててたよ。少し歳を取ってるとか毛艶《けづや》がよくないとか、あと……なんか敵意を感じないとか、そんな感じのことも、落ち着いて言ってたと思う。理知の光が何とかっていうのは、今思えば、賢そうだとか、そういうことじゃないかな。淡海先生、犬に詳しいみたいだよ。昔、実家で飼ってたんだって」

仁木は、ズルズルと音を立てて麺を啜《すす》り、ペーパーナプキンで口元を拭《ぬぐ》いながら皮肉っぽい口調で言った。

「犬に詳しい、ね。だからこそ、その黒い犬に誘《いざな》われるままについていった、なんて作家先生は供述してたが、あれは本当か？」

海里は、大きく頷いた。

「マジ。犬が、淡海先生の服を噛《か》んで引っ張ったんだよ。来てほしいって言いたげに。そんで、ついてこいっていうみたいに、道路をちょっと走ってって、俺たちが動くのをじっと待って。俺たちが犬のほうへ行ったら、またちょっと走って。その繰り返し」

仁木は、ふんと鼻を鳴らした。

「俺ぁ、犬なんか飼ったことがねえからわからんが、そういうもんかね。見知らぬ犬、しかもでかい犬なんざ、狂犬病やらなんやらの危険を考えて、全力で遠ざかるもんだと思うんだが」

「俺もそう思ったけど、確かに淡海先生の言うとおり、人間に危害を加えそうな感じはしなかったんだ。それに、マジで俺たちに来てほしそうな感じだったから。淡海先生、いつもはめんどくさがりで慎重なのに、ほいほいついて行っちゃうし。ほっとけないだろ」

「……まあ、な。で？」

海里は、片手の人差し指で、虚空にウネウネした線を描きながら言った。

「淡海先生んちからJR芦屋駅のほうへ下りて行くグネグネ道があるだろ。あそこから一本脇に入った、細い道沿いの一軒家に、犬は俺たちを連れていったんだ」

「それがつまり、現場か」

「そ。観音開きの門扉、片っぽの蝶番《ちょうつがい》が外れかけてた。扉を下から持ち上げたら、簡単に外れるタイプのやつだと思う。だから、犬が外に出ようと、門扉の下に潜り込んでそうなったんじゃないかな」

「ふん」

「犬は、外れかけの門扉と地面の間にできた隙間をギリ潜って、家の敷地内に入っていった。門扉を調べてみたら、鍵《かぎ》がないタイプで、掛け金を下ろすだけのやつ。わかる？　こう、ハンドルを垂直に上げたら扉が開くようになって、水平にして受け口に引っかけたら開かなくなるタイプの……」

仁木は、面倒臭そうに頷いた。

「俺は現場を見てないからわからんが、何となく想像はつく。人間様には開閉が容易《たやす》い、簡略な閂《かんぬき》タイプってことだな？」

「それ！」

海里はまた頷き、ロイドが洗ったばかりのグラスを取って、水道水を半分ほど注いだ。そして、夏ならではのぬるい水で喉《のど》を潤してから、話を続けた。

「淡海先生、腕がめっちゃ細くて長いから、隙間から手を突っ込んだら、ハンドルを上げられそうだって言って、ホントにやっちゃって。で、門扉がぱかーっと開いた」

仁木は、大袈裟《おおげさ》な溜《た》め息《いき》をつき、箸《はし》を持ったままの手をこめかみに当てた。

「いいオトナが、錠破りを決行すんな。その時点で警察を呼んでりゃ、何のややこしいこともなかったのに。他人様《ひとさま》の家の敷地に一歩踏み込んじまえば住居侵入罪に問われうるってことくらい、知ってんだろうが、普通」

仁木の言うことは、至極もっともである。海里は、罪人であるかのように項垂《うなだ》れ、それでも弁解を試みた。

「俺は、知らない人の家に入るなんて、ヤバいからやめようって言ったよ。だけど、淡海先生が」

「誰だって、そうやって今ここにいない奴のせいにするもんだ」

「ドラマではそうだけど！　リアルでもそうかもだけど！　これはガチなんだってば。犬が庭のほうでおんおん！　て鳴いて俺たちを呼んだんだ。で、淡海先生は、何の迷いもなく、犬が呼ぶほうへすっ飛んでった」

「いや、だからその時点でついて行かずに警察を」

「何かあるのかどうかもわかんないうちから、警察呼ぶなんて無理だろ！　一般人は、そんな軽々しく警察に通報なんかしないよ。されたって困るだろ、実際？」

「む。それはまあ、そうか」

そうだよ、と憤慨した様子で言い返し、そのままの勢いで海里は話を続けた。

「庭は、細い扉に遮られてて門扉のところからは見えなくてさ。何がどうなってるかわかんないし、危ないかそうでないかもわかんない。となると、淡海先生をほっとけないだろ、普通！」

最後の「普通」は、さっきの仁木の発言へのささやかな意趣返しである。

それに気づいて、苦虫《にがむし》を嚙《か》み潰《つぶ》したような顔つきになった仁木は、茄子《なす》の揚げ浸しをひときれ、機関車に石炭をくべるような勢いで放り込んでから、「まあな」と、それでも肯定的な相づちを打った。

「流れは何となく把握した。淡海先生ってのは、俺の印象では、大人しくて慎重な人って感じだったんだが、実は、随分と思いきりのいい人なんだな」

それには、夏神が最高のタイミングで口を挟む。

「いつもはのんびりした人ですけどね。たまに、えらいこと思い切りがええんですわ、ええほうにも悪いほうにも。小説家の好奇心っちゅうやつなんですかねえ。これまでイガの話を聞いとった限り、淡海先生やったら、やりそうやなと思いました」

「なるほど」

夏神には、一目置いている仁木である。彼の発言には、一応の敬意を払ったが、それでも刑事らしい鋭い双眸《そうぼう》には、また疑念の色が濃かった。

「で、俺が訊《き》きたいのは、そこからだ。お前、刑事課の連中には、『自分は門扉の前で止まった。それ以上先には行っていない』と供述したそうだな。淡海先生も、同じ供述をしたと。本当か？　俺は疑ってるぞ。本当は、お前も庭へ行ったんじゃないのか？」

その質問には、海里は何かにたまりかねた様子で、ついに厨房《ちゅうぼう》から出て来た。そして、仁木の真横に立って、自分のエプロンをつけた胸元に手を当てた。

いつもは人懐っこい笑みを湛《たた》えているその顔には、憤りの表情が浮かんでいる。

「それはマジ。淡海先生が庭へ走って行っちゃって、俺が門扉のところでさすがに戸惑ってたとき、淡海先生の『うわっ』て声が聞こえてきたんだ。そりゃ心配するだろ。

行こうとするでしょ」

「じゃあ、やっぱり行ったんじゃねえか」

「行こうとするって言っただろ！　実際は、行ってねえの！」

「なんでだよ。その流れなら、普通、行くだろ」

またもや「普通」返しをされて、海里はたちまちわかりやすいむくれ顔になる。それでも彼は、癇癪《かんしゃく》を起こさずにボソリと答えた。

「だって、淡海先生に止められたから。それも、いつもの先生が絶対出さないようなでっかい声だった。『君は家に入ってきてはいけない。絶対に、門扉の外にいなさい！』って、ハッキリ聞こえたよ」

海里の脳裏には、そのときのことがありありと甦《よみがえ》っていた。

淡海の声は少しだけ上擦っていたが、恐怖におののいている、あるいは命の危機に曝《さら》されているというほどの切羽詰まった感じはなかった。

それなのに、『こっちに来ないで』と言ったときの淡海の声には、鞭《むち》のような奇妙な鋭さがあって、走りだそうとしていた海里の足を、コンクリート敷きの地面に縫いとめるには十分だったのだ。

「先生？　大丈夫なんですか？　犬も一緒？」

言いつけを守ってその場に留《とど》まったものか、あるいは無理矢理にでも駆けつけたものかとまだ迷いながら、海里は門扉に手を掛けて背伸びし、声を張り上げて問いかけた。

すると、咳払《せきばら》いを一つしてから、淡海はやはり大声で、少し落ち着きを取り戻した様子でこう言ってきた。

『僕は大丈夫だ。犬も大丈夫だよ。でも、君はここに来ないほうがいい。そこにいたまま、一一九、いや、違うな、一一〇番に電話してくれ』

咄嗟《とっさ》に淡海が口にした数列が理解できず、海里は、一歩踏み出しかけたままの中途半端な姿勢で、両手の指を使って数字を確認しようとする。

「えっ？　一、一、九……ってーと、何だっけ、あ、そうか、救急車！　じゃないんだ？」

『一一〇番！　警察だよ！　警察に電話してほしい。すぐに！　僕は着の身着のままで出てきてしまったから、自分のスマホがないんだよ。君に頼むしかなくて申し訳ないけれど』

「ひゃく、とお、ばん……警察……警察⁉　先生、マジで大変なことになってんじゃ」

『大変なことにはなっているけれど、それは僕じゃない。僕にも犬にも危険はない。いいから君は、絶対にこっちに来ないで。見てもいけない。君は今、門扉の外にいるね？　そこにいなさい』

「いや、でも」

『頼む。僕の一生の頼みだと思って、警察を呼んでからも、そこにいなさい。敷地内に一歩も入ってはいけない。いいね？　約束して』

淡海の声には、妙に毅然《きぜん》とした響きがある。ここは、素直に聞き入れないといけないのだと、納得しない心をよそに、脳のほうがサラリと了解してしまうような、そんな迫力すらあった。

「なんかわかんないけど……とにかく、俺はここにいて、警察を呼べばいいんですね？」

『そうしてほしい。知人が、付き合いのない近所の家の庭で、何かを見つけたと言っている……とでも説明して、あとは見ていないからわからない一辺倒でいいから』

「う、は、はい。なんか怖いなあ」

淡海は極力、具体的な情報を伝えないで済む言葉を選んでいるようだが、それが余計に海里を不安にさせる。

とはいえ、ここで押し問答をして時間を浪費しては、淡海をなお大変な状況に追い込んでしまうのかもしれない。

「しゃーねえ、とにかく電話……うわ、手のひらキモッ」

海里は手のひらがじっとり嫌な汗で湿っているのに気づき、ハーフパンツで乱暴に拭《ぬぐ》ってから、ポケットのスマートフォンを引っ張り出したのだった。

「……ってわけで、俺が警察に電話しているあいだに、淡海先生が犬を連れて、俺んとこまで戻ってきてさ。あらためて、庭で何を見たんだって訊いたけど、警察が来てから話すって言って、やっぱりだんまりで、何も教えてくれなかったんだ」

「ふーむ」

「そのうち、犬がしばらく飲み食いしていないかもしれないから、適当な器に水を入れて持ってきてやってくれって先生に言われて、俺は、仕方なく淡海先生んちに引き返したんだよ。で、器と水を用意して戻ってきたら、もう警察が来てたってわけ」

海里の話を聞きながら、冷やし中華と茄子の揚げ浸しをサラリと平らげた仁木は、腕組みして唸《うな》った。

「どうやら、口裏を合わせたわけじゃなかったんだな、お前たち」

「当たり前だろ！　そんな打ち合わせをしてる暇なんか、なかったよ。何があったのかわかんないまま、最初はバイクでおまわりさんがひとりだけ来たのに、すぐ連絡が行って、パトカーが何台も集まってきてさ。淡海先生と別々のパトカーに乗せられて、芦屋警察まで連れていかれて、やっぱり別々の部屋に入れられて、身元保証人を教えろって言われたりして、もう散々だよ」

海里の嘆きに、仁木は小さく肩を竦《すく》める。

「そこでマスターじゃなく、俺の名前を出したのは、まあ上出来だったかもしれんな。こっちは茶屋之町《ちゃやのちょう》のカフェで、優雅に非番を満喫していたんだが」

「それについては、ホントにゴメン。夏神さんは店があるから、迷惑かけたくなくて、つい」

海里は、深々と頭を下げて、仁木に詫《わ》びる。夏神も、大柄な身体を折り畳むようにして、仁木に一礼した。

「ほんまに、うちの従業員が、えらいお世話になりました」

「いや、ここの従業員以前に、俺の大事なツレの弟なんで。今回については、呼ぶなら俺が最適解なんで、別に怒ってはいないんですが」

仁木は、ようやく頭を上げた海里を、鋭い目で見据えた。

「淡海先生が、お前をできるだけ巻き込まないよう、とことん配慮したことはよくわかった。もう一度確認するが、本当に、嘘はないんだな？　お前は、現場に一歩も踏み入っておらず、何も……つまりは、ホトケを見ていないんだな？」

人間の遺体のことを、もはやドラマでお馴染《なじ》みの警察の隠語で表現し、低い声で問い質《ただ》す仁木に、海里は真顔でハッキリと頷《うなず》いた。

「見てない。警察で取り調べを受けたときも何度も訊かれたけど、見てない。庭に男の人の死体があったんだって警察の人に言われて、初めて『そうだったんだ⁉』ってビックリしたくらいだよ」

「よし、わかった。それならいい。俺にも、お前の身元を引き受けた責任ってやつがあるんでな。ハッキリさせておきたかった。しつこく探って、悪かったな」

そこでようやく、仁木は小さな笑みを見せた。彼なりに、警察官としての責任感と、一憲への友情との狭間《はざま》で、モヤモヤしたものを感じていたのだろう。

スッキリした顔つきの仁木に、今度は海里が、微妙な心配顔で問いかける番だった。

「それで、淡海先生は？　芦屋署から帰っていいって言われたときに、仁木さん、淡海先生もそう酷《ひど》いことにはならないだろうって言ってたけど……家に帰れた？」

仁木は、当たり前だと言いたげに頷いた。

「無論、住居侵入罪には問われることになるだろうが、初犯だし、事情が事情だ。窃盗目的でもなければ、ストーカーでもない。まあ、厳重注意の上、罰金刑は食らうかもしれんが、その程度で済むだろうよ。ホトケの縁者も、感謝していたからな。もう先生は自宅に帰っているはずだぞ」

「そっか。よかった。今日はヘトヘトだろうから、明日《あした》にでも連絡してみよう。あっ、犬！　犬は？　あの家の飼い犬だったの？」

仁木は頷き、夏神が差し出してくれたデザートのゼリーの容器を受け取った。

「そうだ。つまるところ、現場となった住宅で一人暮らしをしていた、犬の飼い主であった人物が亡くなり、その遺体を淡海先生が見つけたということになる」

ロイドは感極まった顔つきをして、両手の指を胸元で組み合わせる。

「おお、ではその黒いお犬さんは、主《あるじ》の亡骸《なきがら》を見つけてほしいがために、淡海先生を誘《いざな》ったのでございますね？　なんといじらしい。健気《けなげ》な忠犬に幸あれ」

だが、こちらは極めて現実的な仁木は、やれやれと言いたげな顔で言葉を返した。

「まあ、結果的にはそうなったってだけで、本当のところはわからんのですが」

「いいえ、きっとそうでございますよ。それで、お犬さんは、今どちらでどのように？　一人暮らしの飼い主を亡くしたのであれば、もしや、飼い主にご縁のある、どなたかのお手元に引き取られるのでございますか？」

夏神も、心配そうに口を挟んだ。

「そやなあ。うちに置いてやりたいところやけど、食い物を扱う店やから、ちょっとなあ。家と店がぱっきり分かれとったらよかったんやけど」

すると仁木は、あっさりこう言った。

「ホトケの縁者は、動物が飼えない住宅事情だそうです。そういうときは、本来、ひとまず警察で預かるんですが、今回は淡海先生が世話をすると仰せなんで、お任せしたそうですよ」

「えっ、そうなの？　じゃ、あの犬、今、淡海先生んちにいるんだ？」

「らしい。俺も伝え聞いただけだが、お前たちが署に連れていかれたあとも、現場の庭で、大人しくじっと待っていたそうだ。担当の警察官が、淡海先生の家に連れていったら、しずしずと家に上がっていったらしい」

「おお、それはようございました。淡海先生のお宅であれば、手篤《てあつ》くお世話をしてもらえることでしょう。間違いはございません。安心いたしましたね、海里様」

ロイドの晴れやかな声に、海里もホッとした様子で頷く。

「よかった。淡海先生、あの犬がえらく気に入ってたみたいだから、嬉《うれ》しいんじゃないかな。明日、犬の飯とかどっかで買って、差し入れがてら様子を見に行こうかな。会いに行ってもいいんでしょ？」

海里の問いかけに、仁木は苦笑いで頷く。

「お前は別に犯罪者でも何でもないんだから、好きにしろ。淡海先生は微妙なところだが、家に帰した以上、特に人との交流に制限はない。本来ならば、異状死した人を発見してくれて、感謝しなくてはいけないところなんだが、事情が事情なんでな。そこはお前から、よろしく伝えておいてくれ、弟」

「がってん！　仁木さん、マジで非番の日に迷惑かけちゃって、ごめん。あの……これ、できたら兄ちゃんには……」

もじもじと海里が切り出した最後の台詞《せりふ》に、仁木は盛大に噴き出した。

そして、オレンジゼリーの最後の一口を大事そうに口に運んでから、ニヤリとしてこう言った。

「そうだな、お前の兄貴が聞いたら、頭ごなしに怒鳴りつけることはもうしないだろうが、考えなしの行動についての長い長い説教が始まりそうだ。今回は、俺もお前の無罪放免にひと役買っちまったからな。巻き添えはゴメンだ。黙っといてやる」

厳格な兄にどやされることを想定して、生きた心地がしなかったのだろう。海里は数秒、文字どおり小躍りをして、ガッツポーズで締め括《くく》った。

「やったー！　ありがとう、仁木さん。これで俺、心配事がガサッと減った。……ただ、犬の飼い主さん、なんで死んじゃったんだろう。淡海先生が無事に解放されたってことは、殺しじゃなかったんだね？」

「余計なことは知らなくていい。ただまあ、そうだな。犯罪の関与はないと考えられた。そういうことだ。この話はこれで終わりだ。犬の件は、まあ、おいおいいいように片付くだろう」

雑な締め括り方をして、仁木は席を立ち、メッセンジャーバッグから財布を出した。

夏神は、「いや、今日はお代は貰《もら》えません」と制止しようとしたが、仁木は、「刑事が賄賂《わいろ》を貰うわけにはいかんので」と譲らず、食器の横に日替わり定食の代金をきっちり置いた。

「それもそうか。ほな、次は前もってお好きなもんを教えてもらえたら、それをメインにした特別日替わりメニューを提供さしてもらいます」

海里が世話になったことへのお礼の気持ちを、夏神はどうにか形にしたがる。

その思いまで拒むつもりはないらしく、仁木はしばらく考え込んだ。

そして、「そんじゃ、トロトロのオムレツなんかじゃない、うっすい卵で魔法みたいに包んだオムライスで。グリーンピースは抜きで。行く前の日に電話します」と言い残し、店を出て行ったのだった。

＊　　＊

「いやあ、貴重な経験をしたよ。普通に暮らしていたら、取調室になんか入れないからね！　正直、怯《おび》えもしたけれど、興奮もしたねえ。容疑者の気持ちも満喫できたし。意外と丁重に扱ってもらいつつも、同じ質問を角度を変えて何度も何度も繰り返される、やんわりした圧迫感と恐怖も味わったし。これから書く小説に、さっそく反映させるつもりだよ！」

まだ興奮さめやらぬ様子で語る淡海に、海里は得体の知れないモンスターを見るような眼差《まなざ》しを向けた。

海里のポロシャツのポケットに潜んでいる眼鏡姿のロイドも、さすがに呆気《あっけ》に取られた様子で、身じろぎひとつせず大人しくしている……あるいは、固まっている。

海里が淡海邸を再び訪問することができたのは、淡海が遺体を発見した大事件の五日後の午後だった。

本当はすぐにでも駆けつけたかった海里なのだが、事件翌日の昼過ぎ、起床して、仕込みがてら淡海への差し入れ弁当を作ろうとした彼が見たのは、テレビ画面の中で、記者に質問攻めにされている淡海の姿だった。

どうやら、午前のローカルテレビニュースで、淡海が近所の住宅のウッドデッキで死体を発見した、というニュースが流れたらしい。

すぐさまネットで検索すると、まさに前日、淡海と海里が巻き込まれた事件のニュースが小さく出ていた。

死亡していたのは、その家で一人暮らしをしていた七十代の男性で、死後数日が経っていたが、事件性はなく、死因は病死と考えられる……という内容である。

死体の発見者としては、淡海五朗の名前だけが出ていた。

自分は見ていないが、あのとき、すぐ目と鼻の先に死体があったのか、それを淡海が見たのか、と思うだけで、海里は背筋がゾッとしてしまった。

だが、それより遥《はる》かに強く彼を戦慄《せんりつ》させたのは、さっそく淡海のもとに駆けつけた取材陣の姿だった。

おそらく、東京の本社から仕事を請け負った、地元制作会社のスタッフたちだろう。

にこやかに、差し障りのないことを……それこそ、「いや、見知らぬ犬に誘《いざな》われて、覗《のぞ》いたお宅で飼い主のご遺体を見つけるなんて、『事実は小説よりも奇なり』とはよく言ったものですね。僕の小説には、そんな奇想天外な場面はないんですよ。いやはや、小説家として、もっと精進しなくては」などと、いかにも記者が喜びそうなコメントをさらさらと口にしている淡海の姿を見たとき、海里はハッとした。

ウッドデッキで倒れていたのであろう犬の飼い主を発見し、死亡を確信したとき、淡海は驚きや恐怖を飛び越えて、まずは自分を守ろうとしてくれたのだ。

海里は遅ればせながら、そう気づいたのである。

(そうか、俺まで死体発見現場に居あわせちゃったら、俺の名前もニュースに出るところだったんだ。いくらテレビに出てても、小説家だとちょっと取材も遠慮がちになるところ、もし俺だったら、マスコミの連中、面白がって、もっとガッツ弄《いじ》りに来てたよな)

仕込みの手を休め、夏神やロイドとテレビ画面に見入りながら、海里は泣きたい思いだった。

(また、夏神さんに迷惑かけちまうところだった。俺を、事件現場に一歩も入れないことで、そして死体を見せないことで、淡海先生、俺のこと、守ってくれたんだ)

無作法にカメラを向けられても怒るでもなく、むしろ楽しげに、記者たちの相手をしている淡海を見て、夏神もロイドも、同じことを感じたのだろう。

「淡海先生に、ようお礼せんとあかんな」

夏神が発したそんな言葉に、海里はじんわり目尻《めじり》に滲《にじ》んだ涙を拭《ぬぐ》い、頷《うなず》いた。

本当はすぐにでも淡海のもとへ駆けつけたかった海里だが、肝腎《かんじん》の淡海から、「まだマスコミが来るかもしれないから、しばらくうちには近づかないほうがいい。大丈夫そうになったら、連絡するから」という慎重なメッセージが届き、自重せざるを得なかった。

せっかく自分を守ろうとしてくれた淡海の気持ちを、軽率な行動で踏みにじるわけにはいかなかったのだ。

ようやく五日後に訪問がかなった海里を、淡海はご機嫌で出迎えた。

夏バテなど空の彼方《かなた》に吹っ飛ばしたような、見たことがないほどの健やかぶりである。

「あの……あの、俺、とにかくお礼を言わなきゃって思って来たんですけど」

「何について？」

　リビングルームのソファーで海里と向かい合って座った淡海は、海里と自分のグラスにペットボトルから冷えた緑茶を注ぎつつ、小首を傾げる。

　大きなソファーの真ん中に所在なげに腰掛けた海里は、戸惑いを隠せないまま返事をした。

「いや、だから、先生、俺のこと、マスコミから守ってくれたんでしょ。その、家に入るなとか、庭に来るなとか」

「ああ、それ」

　淡海は、特に面白くもなさそうな顔で、海里の前にお茶のグラスを置く。

「粗茶だけど。ああいや、そりゃメーカーに失礼か。買ってきたお茶だけど、どうぞ。勿論《もちろん》、君を厄介事に巻き込みたくない気持ちは凄《すご》くあった。そもそも、犬君に構おうとしたのは、僕だからね。君は徹頭徹尾、巻き添えの部外者でいてほしかったんだ」

「……おかげで、マスコミに玩具《おもちゃ》にされずに済みました。ほんと、ありがとうございます」

　ペコリと頭を下げる海里に、淡海はむしろ困った様子で「いやいや」と片手を振った。

「僕については自業自得だし、君がお礼を言うようなことじゃない。それに、死体なんて見ないほうがいいよ。やっぱり、目の当たりにすると、脳に焼き付いてしまう」

「……なんか、テレビのニュースでは、ちょい日数が経ってたみたいなこと言ってましたけど」

「うん、まあ、なんだかけっこう大変なことにはなってた」

「……うわあ」

「そういう非日常を目撃することが、役者としては芸の肥やしになったかもしれない。そういう意味では、君の成長の機会を奪ってしまったかもだけど」

「あ、いや。見たくないっす。俺、怖いの駄目なんで」

即座に言い返した海里に、淡海は意外そうに目をパチクリさせた。

「君、幽霊が見えるんだろ？　それなのに、怖いのが苦手なのかい？」

「幽霊は……そうですねえ。想像に過ぎなかった頃は怖かったですけど。実際見るようになっちゃったら、ああ、なんかいるんだなあって感じです」

「なるほど、存在を認識さえしてしまえば、非日常の極みであろう幽霊すら、君の日常の一部に組み込まれるって感じかな」

「あー、そういう感じ。さすが作家っすね」

「ふふ、おだててくれてありがとう。でも、そうだね。妹の……純佳《すみか》の魂は、あれは幽霊とはまた違うのかもしれないけれど、生前の姿で出てきてくれた。肉体を失っても、魂は生きている、躍動していると感じられたし、怖くはなかったな」

かつて、若くして死んだ妹の魂が、ずっと自分を傍らで見守ってくれていることに、淡海は海里やロイドの手助けを得て気づいた。

そして彼はしばらくの間、死した妹の魂を体内に迎え入れ、奇妙な「同居」生活を送っていた経験がある。

今は妹の魂は彼岸へ去り、淡海は再び一人暮らしに戻ったわけだが、闊達《かったつ》で好奇心旺盛《おうせい》、そして愛情深い妹の性質は、一部、彼の心に染みつき、いい変化を与えたように海里は感じている。

そんな淡海は、真顔になって緑茶を一口飲み、それからこう言った。

「でもね、死体は怖いよ。末法という言葉を思い出したね」

「……見なくてよかったです。でも、病気で亡くなったんでしたっけ、その人？」

海里の問いかけに、淡海は曖昧《あいまい》に頷いた。

「お歳もお歳だから、色々と持病はあったようだね。事件性はなさそうだというので、行政解剖が行われたそうだけれど、何しろ亡くなったのが屋外のウッドデッキだろう。日数も経っていたし、ハッキリした死因がわかる状態ではなかったみたいだ。おそらく心筋梗塞《しんきんこうそく》だろう、くらいの見立てだったそうだよ」

海里は少し驚き、痛ましげな表情を浮かべた淡海の細面を見た。

「そんなことまで、警察って教えてくれるんですか？」

「まさか！」

淡海は苦笑いでかぶりを振った。

「警察は、余計なことは何一つ言わないよ。僕には洗いざらい喋《しゃべ》らせたくせにね。教えてくれたのは、亡くなった方のお身内。わざわざ、ご遺体発見のお礼に来てくださってね。遠縁の方だから、生前にほとんど付き合いはなかったそうだけど、お弔いはその人がするそうだ」

「へえ。それが、仁木さんが言ってた、犬は飼えないって人ですかね。あ、そういえば犬は？　淡海先生が預かることになったって聞いたから、俺、犬のおやつを買ってきたんですけど」

海里がそう言うと、淡海はニコニコして階段のほうを指さした。

「いるよ。どうも、元の飼い主さんが、つまり例の亡くなった人だけど、あまりエアコンを使わないタイプの方だったみたいだね。エアコンの風が苦手らしくて、二階のベランダの、日が当たらない場所がお気に入り……お、噂をすれば影がさす、だ。おいで」

海里はソファーの背もたれに片手を置いて、淡海の視線を追うように振り返る。するとちょうど、とんとんと軽やかな音を立てて、あの大きな黒い犬が階段を下りてくるところだった。

犬は特に海里を警戒する様子もなく、静かにリビングルームに入って来た。そして、淡海の傍ら、毛足の長いラグの上にペタンと伏せる。

「あ、元気そう。よかった。でも、俺に興味ないなあ、お前。挨拶《あいさつ》くらいしてくれたっていいだろ。あ、そういや、俺も挨拶してなかったっけ。こんにちは。しばらくぶり」

海里は中腰になって、コーヒーテーブル越しに犬の顔を覗《のぞ》き込み、片手を振りながら挨拶をする。

犬は大きな頭をほんの少し持ち上げ、茶色いくりっとした目で海里を見たが、すぐにラグに顎《あご》を置いてしまった。

「それが挨拶？　手抜きだなあ。……つか、俺、犬飼ったことがないからわかんないですけど、これ、元気なんです？　グッタリしてるとかじゃなくて？」

心配そうな海里に、淡海は屈託なく笑いながら、犬の頭をガシガシと撫《な》でた。

「元気だよ。預かった翌日に動物病院に連れていったら、歯の状態から、七歳くらいだろうって見立てだった」

海里は、うーんと首を捻《ひね》る。

「その年齢、犬的にはどのあたりなんです？」

「どのあたりって、まあ、シニアの入り口って感じじゃないかな。だいたい寿命は、十年から十二年、そのあたりだと言われたよ」

「人間でいうと、会社を定年になるくらいの感じですかね？」

「かもね。まあまあ歳だから、穏やかなものさ。言葉もよくわかるし、飼い主が基本的なしつけはしてくれていたようで、お座りや伏せ、それにお手は完璧《かんぺき》にできる」

「へえ」

海里は、さっそく犬の前に移動し、しゃがみ込んで、「お座り」と言ってみた。

しかし、犬はチラと海里の顔を見ただけで、すぐ目を閉じてしまう。

「心が通じ合う前に命令だけしたって駄目だよ、五十嵐君。人間だってそうだろ？」

余裕綽々《よゆうしゃくしゃく》の淡海にそんなことを言われて、海里はちょっとマウントを取られたような気分になる。

「そりゃそうかもですけど、ちょっとくらい付き合ってくれてもいいと思うなあ。初対面じゃないんだし、一応。つか、淡海先生には、めちゃくちゃ懐いてますね。何か、コツがあるんですか？」

膨れっ面ながらも、素直に教えを乞《こ》うのが、海里のいいところである。淡海もまた、包み隠さず正直に答えた。

「僕も一日、二日はろくに相手をして貰《もら》えなかったよ」

「飼い主さんのことを、唯一のご主人様だと思っていたんだろうし、実際、大好きだったんだろうね。一緒に庭に出ているときに飼い主さんがウッドデッキで倒れて、そのまま亡くなったようだから、犬は家に入れなかったみたいだ。数日、飼い主さんの傍にずっと寄り添って、ついにたまりかねて救いを求めて外に出たんじゃないか……と、獣医師の先生は言ってた。かなり脱水していて、初日は点滴を打ってもらってね。連れて帰ったら、納戸の引き戸を開けて中に潜り込んで、出てきやしない」

犬は目をつぶったまま、それでもちょっと耳を持ち上げ、淡海の声を聞いている様子だ。海里は、立ち上がって自分の席に戻り、感心した様子で唸《うな》った。

「そうだったのか。それでなんか、ゲッソリした感じだったんですね、出会ったとき」

淡海は気の毒そうに頷《うなず》く。

「暑かっただろうし、喉《のど》も渇いて、お腹もペコペコだっただろう。少しずつ変わっていくご主人様の様子を、この子はどんな気持ちで見守っていたんだろうと思うと、胸が痛むね」

「……ほんとに」

「でも、翌朝からは、少しずつドッグフードを食べられるようになったし、水もたくさん飲むようになった。トイレは外派みたいで、朝晩、僕と散歩にも行ってくれる」

「散歩！　朝晩！　淡海先生が!?　大丈夫ですか？　だってこんなに暑いのに」

海里に真顔で心配されて、淡海は恥ずかしそうに頭をかいた。

「まあ、夜通し執筆して、夜が明けかけたくらいのまだ涼しい頃に行くんだよ。夜も、日が暮れてから。それならまだだいぶマシだし、この子もそんなに長い散歩は望んでいないみたいだ。助かるよ」

「そうは言っても、ここ、アップダウンがきついから、ちょっと歩くだけでもしんどいんじゃないですか？」

「まあね。僕もすぐにへこたれるんじゃないかと思ったけど、意外とちょうどいい運動になっているみたいだ。なんだかやけに体調がいいんだよね、ここ数日」

そう言う淡海の顔は、確かにいつもよりいくぶん血色がいいようだ。

「へえ。犬の散歩で、淡海先生も健康になっちゃったんだ。じゃあ、この子とずっと一緒に暮らすんですか？　淡海先生が引き取ることに？」

その質問には、淡海は即答しなかった。

「どうだろうねえ」

「どうだろうねえって」

「いや、一応、まだ警察から預かっている形だから。遠縁の人は、確かに、『家庭の事情で犬は飼えない』と言っていたけれど、赤の他人の僕が引き取れるかどうかは、警察に訊《たず》ねてみないとね。色々と手続きがあるんだろう」

「引き取る意思はあるってことですか？」

「うーん。僕はこんな人間だから、犬にとってベストな飼い主じゃないと思う。元の飼い主さんほど、手篤《てあつ》いケアはしてやれないかもしれない」

「そうかなあ。ってか、初めて会ったときより、全然ツヤッとして元気そうですよ、犬」

「それは、サロンで綺麗《きれい》に洗ってもらったばかりだからだよ。シャンプーは、好きではないようだけど、死ぬほど嫌いでもないみたいだ」

「へえ。いや、ちゃんとお世話してるじゃないですか。おっ、今気づいたけど、首輪もちゃんとしてる。最初に見たとき、首輪はなかったですよね？」

海里の言うとおり、犬の首には、赤いレザーとおぼしき首輪が嵌《は》まっている。淡海は、こともなげに答えた。

「うちに来た、元の飼い主の遠縁の人が、持ってきてくれたんだ。ウッドデッキに落ちていたそうだよ。どこかに引っかけて、外れてしまったのかもね。散歩のときはハーネスをつけるから、首輪はまあなくてもいいようなものだけど、黒い犬に赤い首輪はよく似合って可愛いから、つけてみた。本人も嫌じゃないようだ」

「へえ。確かに可愛いなあ。もう飼っちゃえばいいんじゃないですか、犬の気持ちもなんかわかるみたいだし、先生。そういや、こいつ、男女はどっちなんです？　名前は？」

海里の質問に、淡海は犬の頭から背中あたりをゆったりと撫でながら答えた。

「お嬢さんだよ。名前は、残念だけどわからない。新しい名前を、まだ新しい飼い主じゃない僕が勝手につけるわけにはいかないんだけど、名前を呼べないのも何かと不便だから、こっそり呼んでいる名前はある」

「何て呼んでるんです？　あっ、もしかして、妹さんの名前？」

「おいおい、そんなわけはないだろう。あの世から、妹が叱りに来るよ。いや、来てくれるならそれもいいのか」

冗談だか本当だかわからないおどけ方をしてから、淡海はやけに恥ずかしそうに答えた。

「マヤ」

「マヤ？」

犬の名前としてはあまり一般的ではなさそうなその名前を復唱して、海里は不思議そうに、淡海と犬の顔を交互に見た。

「マヤ……なんかピンとこないような、でも不思議としっくりくるような。でも、なんでマヤ？」

するると淡海はうっすら顔を赤くして、こう告白した。

「子供の頃に読んだ童話に出てきた女の子の名前なんだ」

「へえ！」

意外すぎる由来に、海里は思わず声のトーンを上げる。

「よっぽど可愛いヒロインだったんですね」

「いや、どうかな」

「え？」

「ストーリーはほとんど記憶にない。どんなキャラクターだったかも、正直あんまり覚えていない。女の子だったのは確かだけど」

淡海のあまりにもとぼけた返事に、海里はたちまち呆《あき》れ顔になった。

「ええっ？　よくそれで、犬につけようと思いましたね、いくら仮の名前でも適当過ぎません？」

「いやいや、誓っていい加減につけたわけじゃないよ」

「だって、あまりにも記憶にないキャラと物語じゃないですか」

「それはそうなんだけど……ただひとつ、覚えていることがあってね」

何です、と問いを発する代わりに、海里は視線で続きを促す。淡海は、耳まで赤くして打ち明けた。

「その女の子が、他の子供たちに苛《いじ》められて泣いて家に帰ると、おばあさんが優しく言うんだ。『お前の名前は、私がつけた。望まれた子、という意味がある名前だよ』って。それを読んだとき、僕は羨《うらや》ましくてたまらなくてねえ」

淡海の声は懐かしげで、しかも明るかったが、質問をした海里のほうは、「しまった」という顔つきになった。

今でこそ、売れっ子小説家として名が通っている淡海だが、出自はいささか複雑だ。有力政治家の隠し子である彼は、その政治家の秘書の息子として育てられた。

両親は、後に生まれた妹と分け隔てなく淡海を育てたが、多感な少年時代に自分の出生の秘密を知ってしまった淡海は、苦悩の日々を過ごしたらしい。

実の父親に捨てられたと感じていた少年にとって、「望まれた子」という名前をつけられた童話の中の少女は、どんなにか眩《まぶ》しく見えたことだろう。

海里の気まずそうな顔つきに気づいた淡海は、「大丈夫だよ」と微笑んだ。

「出自のことには、もう折り合いをつけたから。今は、育ての父にも母にも、素直に感謝できるようになった。上京すると、実家に寄って一緒に食事するしね。でも……そうだな」

淡海は、「マヤ」と愛《いと》おしげに呼ぶ。

顔を上げた犬の濡《ぬ》れた鼻をちょんとつついて、淡海はしみじみと言った。

「うんと可愛がってくれたのであろう、元の飼い主さんがいなくなっても、君は変わらず望まれた子だよ、と伝えたかったんだと思う。本当の名で呼んでやれなくて悪いけど、すぐに自分が呼ばれているんだってわかってくれた。賢い子なんだ」

「そっか……。望まれた子、か。変わってると思ったけど、それを聞いちゃったら、最高の名前に思えてきました」

「今はまだ、仮の名前だけどね」

自分に言い聞かせるようにそう言ってから、淡海はふと、声のトーンを落とした。

「ところで……これはとても馬鹿馬鹿しい質問だとは思うんだけど」

微笑ましく犬を見ていた海里は、視線を淡海に移す。

「はい？　なんですか？」

すると淡海は、囁《ささや》き声でこう問いかけてきた。

「ここ、何かいるかい？」

海里は、面食らいながらも素直に答える。

「何かって、淡海先生と、俺と、犬……ええと、マヤが」

「いや、それ以外」

「それ以外って？」

淡海は、やけに言いにくそうに口ごもりながらボソボソと言った。

「だから、その……何と言うか、君の得意分野の、この世のものじゃない何か的な」

突然の話題転換について行けず、海里は軽くのけぞる。

「いや、別に得意分野じゃないですし！　何ですか、いきなり」

「驚くってことは、いないのかい？」

ぐるり、とゆっくり広い室内を見回し、海里は薄気味悪そうに答えた。

「特に、何も見えないですけど、俺には」

そう言いながら、海里はさりげなく胸ポケットに触れる。

それだけで、意思は通じたのだろう。海里にしか聞こえない程度の囁き声で、眼鏡のままのロイドが応《こた》える。

『わたしにも、特に霊気のようなものは感じられませんが』

それを聞いて、海里の声にも少し力がこもる。

「うん、やっぱいないと思います。なんでいきなり、そんなことを？」

淡海は、自分の足の甲を枕にして横たわり、軽い寝息を立て始めたマヤを見下ろしながら、微妙な面持ちで呟《つぶや》いた。

「いや、気のせいだと思うんだけど、気になってね」

「何がです？」

「たとえば散歩をしているときとか、深夜、執筆中、たまにマヤが近くにいるときとか、ふと、マヤが僕以外の誰かを気にしているような、見ているような、そんな感じを受けることがあるんだよ」

「……先生、俺、ホラー苦手だって、さっき言ったばっかりなんですけど」

海里は薄気味悪そうに、背後を見る。

「ホラーじゃない。そこまでじゃないよ。何か少し気になるって程度だってば。もしかしたら、死んだご主人様の魂が、愛犬を心配して来ているのかと思ったんだけど。君が感じないんなら、僕の気のせいだね。ごめん、変なことを言ってしまった」

ことさらに明るく、何かを振り切るようにそう言った淡海は、コーヒーテーブルの片隅に置いてあった茶封筒を取り、海里に差し出した。

「それより、ご遺体を見つけたあの日に約束していた、原稿の書き直し。『街路樹の独白』の原稿、仕上がったから持って帰ってよ」

それを聞くなり、海里の顔から、恐怖が拭《ぬぐ》われたように消えた。

「マジですか！　もう？」

「だって、早く練習を再開したいでしょ。マヤが来てから、否応なく散歩だ食事だって、昼夜逆転ながらに規則正しい生活をすることになっちゃって、仕事も妙にはかどるんだよね。さあ、どうぞ」

「うわ……ありがとうございます！　いただきます！」

海里は弾《はじ》かれたように立ち上がると、両手で恭しく封筒を受け取った。そして、「ここで読んでいいですか？」と訊《たず》ねておきながら、淡海の返事を待つことなく、分厚い紙束を引っ張り出したのだった。

三章　小説家と犬

「おはようございます！」

軽くがたつく「シェ・ストラトス」の閉じた扉を慎重に開け、海里は元気な声を張り上げた。

午後五時過ぎでも、いや、たとえ早朝であろうが真っ昼間であろうが、挨拶《あいさつ》は「おはようございます」が鉄則。

それが、芸能ジャンルの謎めく習慣なのだが、芦屋市という小さな地方自治体の、これまた小さなカフェ兼バー「シェ・ストラトス」でも、そのルールが生きている。

おそらく、オーナーの砂山悟《さやまさとる》が、元はテレビ局の制作スタッフだったからだろう。

「おうっ、おはよう。君が来ると、店内がパッと華やぐねえ～」

そんな調子のいい挨拶を返してカウンターから出てきた小柄な男性が、その砂山悟である。

トレードマークは、どこか食えない、でも人好きのする笑顔と、派手なダサセーターなのだが、盛夏はさすがにインドアでもセーターは暑苦しい。代わりに、どこで買ってきたのかと真顔で問い詰めたくなるような、派手な模様がちりばめられた開襟シャツやアロハシャツを愛用することにしているようだ。

今日のシャツには、カニやヒトデといった磯の生き物が全面に描かれている。

意匠はいかにも夏向きだが、かなり暑苦しい色使いに、海里は汗だくの顔をタオルで拭《ふ》きながら、つい正直なコメントを発した。

「マジでどこで見つけるんですか、そんなどぎついシャツばっか」

「ネットだよ、勿論《もちろん》。広い世界で日々探さないと、リアル店舗ではなかなかね。特に芦屋は、上品な町だから。それにしても、毎日暑いねえ。涼みながらでいいから、ちょっと見てよ、僕の力作を」

こちらは真顔で答えて、砂山は海里を軽く手招きした。

「あ、はい？」

海里は、砂山についてカウンターの前を通り過ぎ、奥のホールへと向かう。

建物自体が昭和に建てられたものだけあって、調度のすべてが古びており、カフェ兼バーとして、加えて奥の小さなステージで、ややアングラ的なイベントをするのにも雰囲気抜群な店だが、最近では、「良くも悪くも」のうち、「悪く」のほうが目立ってきていた。

それは水回りであったり、ステージの音響であったり、空調であったりと、つまりは店として致命的になりかねない問題ばかりだ。

バリアフリーに配慮されていない店内構造なので、ときにサービスに手間取ることもある。

砂山はこれまで、そうした問題を、小さな修繕を繰り返すことでどうにかやり過ごしてきたらしい。

しかし今年の初め、ついに大々的な雨漏りが発生したことで、砂山はいったん店を閉め、本格的なリフォームに乗り出さざるを得なかった。

先々月にその工事が終わり、「シェ・ストラトス」は静かに営業を再開した。

といっても、建物の外観も内部も、「えっ？」と二度見してしまうくらい、雰囲気は変わらない。

砂山の強いこだわりで、新しい床材や壁紙は、元のものにできるだけ近いものを選び、テーマパークでよくやるような「汚し」をわざと施したそうだ。

「僕の店が、フードコートみたいに明るく爽《さわ》やかにピカピカしてたんじゃ、かえって落ち着かないでしょうが」

砂山はさも当然といった様子でそう言った。

どうやら、カウンターやテーブルや椅子も、わざわざ修繕に出し、また店に戻したらしい。

「新品を買うより、ずっと高くついたよ。でもまあ、直して使えるものは、使ったほうがいい。色んな人に触れられた家具には、新品には絶対にマネできない味わいがあるからねえ。もはや、性格っていってもいいくらいかな。椅子一脚ごと、それぞれ座り心地に癖があるもんね。個性、いや、もはや魂を感じるよ」

店を再開した日、砂山がそう言ったとき、海里は必要以上に大きな声で「ですよね！」と同意してしまい、砂山を驚かせた。

ロイドという、前の持ち主に大切にされて魂を宿した古い眼鏡を知っているだけに、共感の念が強すぎたのである。

さすがに、店内の調度品に、ロイドのような「付喪神《つくもがみ》」になったものは今のところないようだ。

それでもそれぞれのアイテムの「個性」を感じとる客は確実にいて、そういう人々には、お気に入りの席や、お気に入りのグラスやカップがある。

そうした常連客の贔屓《ひいき》の品を記憶するのも、店のスタッフの大切な仕事のひとつだ。

とにかく、リフォーム工事を終え、良い意味での古臭さは残したまま、「シェ・ストラトス」はささやかに生まれ変わった。

段差の解消、通路の拡大、トイレの便器の新調などにより、客の利便性はぐっと高まった。

ステージの音響も少しよくなり、海里としては、ありがたい援護射撃を貰《もら》った気分でいる。

「こっちこっち」

砂山は、サンダルの踵《かかと》をぺたぺた鳴らしながらステージを横切り、袖《そで》から直接入れる楽屋の扉を開けた。

「楽屋?」

「そ。プロにお願いするリフォーム工事では、ご予算の問題で楽屋にまで手が回らなかったけど、僕が日曜大工でちょっと頑張っちゃってね。どうかな?」

砂山に「どうぞ~!」と大袈裟《おおげさ》に促され、海里はヒョイと扉から首を突っ込んで、楽屋の中を見た。

その口から「おお」と驚きの声が漏れる。

これまで、古びた鏡台がひとつと、小さな折りたたみテーブルと、これまた折りたたみの粗末な椅子が置かれていただけの殺風景だった楽屋が、驚くほど様変わりしていた。

かつて、床面は傷だらけのフローリングで、どうしても靴音が響いてしまうため、海里はともかく、倉持悠子はいつもステージに上がる寸前まで靴を脱ぎ、スリッパ履きで過ごしていた。

だが、今は、そのフローリングの上に、毛足の短い、しっかりしたカーペットが敷きつめられている。これなら、靴音の心配はないし、万が一、何かを床に落としても、落下音はせず、割れたり壊れたりもしないだろう。

鏡台は、鏡の周囲をぐるりと小さなライトが取り囲む、いわゆる「楽屋ミラー」に置き換えられていた。いかにもメイクがはかどりそうだ。

極めて狭いスペースゆえ、テーブルと椅子は相変わらず折りたたみではあるが、どちらも新品に交換されていた。

「うわー、綺麗《きれい》になってる！　これ、ひとりでやったんですか？　もしかして、壁紙も砂山さんが？」

驚く海里に、砂山は得意げに両手を腰に当て、胸を張った。

「当然！　僕、仕事はテレビマンだったけど、学生時代は演劇部に所属してて、しかも役者じゃなくて大道具係だったからね。ＤＩＹが得意っていうか、好きなんだよ」

「はあ、なるほど。それにしても、綺麗な壁紙っすね」

海里は感心して、指先で軽く壁紙を撫《な》でてみた。よくある表面に凹凸があるものではなく、スルッとした、本当に「紙」の手触りがある薄手の壁紙だ。

楽屋の壁色は、演者の「準備」の妨げにならないよう、たいてい白、あるいはせいぜいアイボリー程度なことが多い。

砂山が選んだ壁紙も落ち着いた濃い象牙色《ぞうげいろ》で、そこに銀の細い線でさらっと野の草花が描かれているという上品なデザインだ。

これなら、模様があっても、邪魔に思う人はいないだろう。

「綺麗な壁紙っすね。あんまり見ない感じの」

「おっ、お目が高いね！　これは、フランスのメーカーから個人的に取り寄せたんだ」

「マジで！　でもこれ、お高いんでしょう?」

テレビショッピングのボイスオーバーを真似する海里に、砂山はおどけた調子でサッと合わせた。

「ところがどっこい……と言いたいところだけど、目玉が飛び出しそうではあったね。だけどここは小さい部屋だから、まあ、軽傷さ。それに」

砂山は真顔に戻ってこう続けた。

「僕は、女優、倉持悠子の復活を待ちわびているからね。活動を再開したら、最初の朗読ライブは絶対にここでお願いしたいし、そのためには、素敵な楽屋を用意しなくてはと思ったんだよ」

なるほど、と海里は小さく手を打った。

言われてみれば、クラシックな鏡前も、繊細で美しい壁紙も、いかにも悠子の優雅でいて凛《りん》とした佇《たたず》まいにふさわしい。

「なるほど。俺や李英じゃなくて、倉持さん仕様ですか」

「そういうわけじゃないけど、やっぱりイメージするなら素敵なレディがいいからね、俗なおじさんとしては」

「マジで俗だな～。でも、倉持さん、きっと喜びますよ。早く見てもらいたいっすね」

「ホントにね！　身体のことは急《せ》かしちゃいけないけど、でも早い復帰を祈るくらいはいいよね。待ち遠しいよ」

砂山はワクワクを揉《も》み手《で》で表現し、海里も笑顔で同意する。

「俺もです。あ、でも、倉持さんのための楽屋でも、俺が先に使っちゃうのはいいんですか？」

「当たり前でしょ。他にも演者はいるけど、改装済みの楽屋を使うのは、今日、君が初めてだよ。それは悠子さんの弟子の特権ってやつ。とはいえ、ステージに上がるギリギリまでバーの仕事をさせちゃって、楽屋を堪能《たんのう》する暇がないよね。申し訳ない」

「それはしょうがないっす。特にバイト君がいない日は、マスターひとりじゃ回せないのはわかってますし」

「それはそう。ホントにそうだよ。朗読イベントは大人気だから、お客さんが多いし。助かってる。営業再開直後でまだ懐が寒いから今は無理だけど、そのうち、バイト代は別途出すからね」

真顔でそう言った砂山に、海里はちょっと慌てた様子で片手を振った。

「いいですよ、そんなの。いくらお客さんがたくさん入っても、俺の朗読じゃ、まだお代をいただけないから、チケット代って意味では店に利益出せてないですし。せめて労働で埋め合わせをしないと」

本来、倉持悠子が「病気療養中の舞台」を任せたのは、海里と、弟分の舞台俳優、里中李英のふたりだった。

華はないが、確かな技術を持つ実力派の李英と、朗読技術はまだまだ未熟だが、天性の魅力を持つ海里。

そんな「二人合わせて一人前」のコンビなら何とか……という話だったのだが、不運にも李英は病に倒れ、療養が長引く模様だ。

やむなく海里ひとりで舞台を務めることになったが、やはり「シェ・ストラトス」オーナーの砂山としては、それを興行としてやらせるわけにはいかない、というのが現時点での意見だ。

「前途有望なアマチュアに、舞台に立ち、朗読を披露する機会を与える。ただし、ギャランティは支払わず、客の反応次第では、継続させられない可能性がある」

それが、砂山が海里に改めて出した条件だった。

しかも、しばらくの間は、イベント前日に「シェ・ストラトス」に出向き、砂山の前でリハーサルを行って、出演の可否の判断を仰ぐべし、とも。

以前の海里なら、「バカにされている！」と腹を立て、自分から出演を拒否していたかもしれない。

だが、今の海里は、それが砂山がギリギリの綱渡りで示してくれている厚意だと理解している。

たとえ無料公演でも、オーナーの砂山が出演を許可した以上、朗読イベントの責任者は海里ではなく、砂山である。

もし、客の評判がよければ、賛辞は海里のものとなる。

しかし、イベントが不評だった場合、海里自身はさほど失うもののない立場だが、砂山のほうは、店の評判そのものを落とすことになるのだ。

そんなリスクを負っても、海里に修練と勝負の場を提供してやろうという砂山の俠《おとこ》気《ぎ》に、海里は胸を打たれた。

それに、「これは試し書きの切れっ端みたいなもんだからね」と言い、海里の朗読を自分の創作のイメージ作りに活用しているものの、流行作家の淡海が、海里のために未公開の短編を提供してくれることもまた、感謝してもしきれない幸せである。

砂山と淡海、そして自分を信じて応援してくれる倉持悠子のために、海里は自分にできるすべてを出し切ると決めている。

さらに、砂山へのささやかな恩返しとして、イベントがある日は早めに店に入り、開店準備やホールでの業務を手伝うことにも決めている。

砂山も「悪いね。こんなことまでしてもらって」と申し訳なさそうにしつつも、「凄《すご》く助かる」と素直に認めた。

朗読だけでなく、地元アーティストと結びつき、様々なイベントを企画してはいるものの、小さな店だけに大儲《おおもう》けは期待できない。

地道な商いなので、従業員に高給をオファーすることができず、アルバイト店員もなかなか見つからない、見つかっても続かないの二重苦であるようだ。

「夏神さんも……あ、えと、俺が住み込みで働いてる定食屋のマスターも、『とことん筋を通して、全力で頑張ってこい』って応援してくれてるんで。そこは気にしないでください、マジで」

海里は重ねてそう言ったが、砂山はきっちり後に撫でつけた髪に片手で触れながら、「僕だって、通すべき筋があるんだよ」と困り顔をした。

「イベントにギャラを出さないのと、店員としての仕事に給料を出さないのとは全然話が違うからね。今は手元不如意だけど、あとでちゃんと精算するから。そこは素直に受け取って。あと……」

喋《しゃべ》りながら、砂山は鏡前の台に置いてあった平べったい紙箱をヒョイと取って、海里に差し出した。

「これ。僕から、頑張っている君へのささやかなプレゼント」

「へ？」

「開けてみて」

「……はあ」

海里は、ちょっと躊躇《ためら》いつつも、両手でその箱を受け取り、開けてみた。

中から出て来たのは、鈍い金色に光る皿だった。

皿というよりは、トレイと呼んだほうがイメージが合っているだろうか。

丸く平たく、縁だけがなだらかに上がっている。素材は色から見ておそらく真鍮《しんちゅう》、直径は十五センチくらいだ。

「なんですか、これ」

トレイを片手に載せて困惑の面持ちになった海里に、砂山は悪戯《いたずら》っぽい含み笑いで言った。

「ギャラは出さないけど、自力で稼いでもらってもいいよ、ってこと」

「……はい？」

「この前、悠子さんちに行って、朗読、聞いてもらったんでしょ？」

砂山に問われ、海里は軽く口を尖《とが》らせる。

「あ、は、はい。何だか俺の行動、筒抜けだなあ」

「そりゃそうだよ。君の朗読にまつわる情報は、僕ら、逐一共有しているからね」

「うう。それで、それが？」

「悠子さんとしては、独習にもかかわらず、着実に朗読の腕は上がっていると感じたそうだ。君にもそう言った？」

海里は苦笑いでかぶりを振った。

「俺には、『亀の歩みねえ。それでもまあ、半歩でも前に進んでいるのはいいことだわ』って言ってました」

海里が披露した悠子の口真似に、砂山は盛大に噴き出す。

「絶妙に似てるなあ。さすが役者。そして、悠子さんは弟子には手厳しい。さすがだ。でも、褒めてたよ。天才肌ではないし、センス抜群というわけでもないけれど、思ったよりずっと努力家だって」

「それ、褒められてますかねえ。どんな奴だって、努力はするでしょ」

「君のそういうところはとてもいいと思うけど、でもまあ、素直に喜ぶことも大事だよ。……ただ、やっぱり朗読のクオリティがまだ安定しないから、お代をいただくのはリスキーだと思う、という見立てだった。それについては、僕も同感」

軽く頭を小突かれた子供のような顔で、海里は頷《うなず》いた。

自分でもそれはわかっているが、改めて二人分の意見として明言されると、やはり胸が痛もうというものだ。

しかし砂山は、優しくこう続けた。

「でもねえ、一方で、昨日聞かせてくれた『街路樹の独白』、凄くよかった。昨日も言ったけど、ちょっとこれまでと違う気がしたよ」

「あ……俺も、なんか凄くしっくり来てます。作品と俺がマッチしてるっていうか、ああいや、それは厚かましいか。読みやすいし、感情も入れやすいんです。淡海先生が、いっぺん書き直してくださったせいもあって」

「みたいだねえ。だからね。ムラがあるとしても、いいときはいい、ってのは、素直に認めたい」

砂山の言葉に、海里は目を輝かせる。

「ありがとうございます！」

「それにさ、お客さんからの声もあるわけさ」

「お客さんの声？」

「そう。いい朗読だったからお金を払いたいって仰《おつしや》るお客様も、いるんだよ。それも一人や二人じゃなくね」

「！」

海里の目が、大きく見開かれる。

砂山は、チェシャ猫めいた笑みを浮かべてこう続けた。

「お客さんが払いたいって仰るのに、僕が『いえ、払わないでください。さあ、お財布をしまって』なんて言うのも変な話だろ？　そう思わない？」

どう答えたものかわからず、海里は曖昧《あいまい》に首を傾ける。

「そこで、そのトレイさ」

海里の手の上にあるトレイを指さして、砂山は言った。

「公演中、それを君の前に置いて、あげたいと思うお客さんから、チップをいただけばいい」

「チップ！」

思いもよらない提案に、海里は驚いた猫のような顔になってしまう。砂山は、ギターをかき鳴らす動作をしてから、海里の二の腕を軽く小突いた。

「張り合いになるでしょ？　勿論《もちろん》、チップなんだから、全額君のものだよ。そのトレイは、僕からのエールだと思って」

「い……いいんですかね、そんなの貰《もら》って」

「勿論さ。ひとりでも、チップをあげたいと思ってくださるお客さんが増えるような、魅力溢《あふ》れるステージを頼むよ」

「頑張ります！　あの、これ、ありがとうございます」

思わずトレイを胸にギュッと抱いた海里に、砂山はつぶらな目でウインクし、冗談めかして言い返した。

「たぶん、君が思うよりはだいぶお値段の張るトレイだから、大事にして。そして、そこに載りきらないほど稼げるようになって、早く僕と悠子さんをビックリさせておくれよ。でも、まずは仕事だ！　力を貸してちょうだいよ！」

照れ隠しなのか、ことさら大きな声でそう言って、砂山は楽屋を出ていく。

海里は、鏡前にトレイを大事そうにそっと置いた。そして、感慨に浸る暇もなく、開店準備をするために砂山を追いかけたのだった。

＊　　＊

その週の土曜日、午後八時過ぎ。

海里とロイドは、淡海邸のリビングにいた。

淡海が、「行きたい店があるんだけど、ひとりじゃちょっとね。付き合ってくれないかい？」と連絡してきて、「ばんめし屋」の三人を夕食に招いてくれたのである。

生憎《あいにく》、夏神には先約があったので、海里とロイドだけがご馳走《ちそう》になり、その後、淡海の誘いで、自宅に立ち寄ったというわけだった。

ソファーに座った二人の前には、言うまでもなく家主の淡海と、それから、彼が預かっている黒いラブラドール・レトリバー、マヤがいる。

マヤというのは、本来の飼い主が死亡し、本当の名前がわからないまま一時保護することになったので、淡海がつけた仮の名前である。

しかし、既にそれが自分の新たな名だと悟ったらしく、黒い犬は、淡海に呼ばれると垂れ耳を少し上げたり、寝ていてもひょいっと頭を上げたり、彼のほうへゆったりした足取りで歩いてきたりする。

「大きなお犬さんというのは、恐ろしいものだとばかり思っておりましたが、自らの不明を恥じ入るばかりでございます。よもや、かように大人しく、優しい目をしておられるとは。その……もしよろしければ、頭など撫《な》でさせていただいてもよろしゅうございますか、マヤ様？　それとも、そのようなことは、初対面ではまだ早《はよ》うございましょうか」

ロイドは感じ入った様子ながらも、まだ少しおっかなびっくりでマヤに呼びかけ、小さく手招きをする。

何しろ「本体」は繊細なセルロイド製の眼鏡なので、ラブラドール・レトリバーのような大型犬に本気で嚙《か》まれようものなら、取り返しがつかないほど容易《たやす》く破壊されてしまうに違いない。

怯《おび》えるのも警戒するのも、当たり前のことである。

淡海の足を枕に寝そべっていたマヤは、ロイドの呼びかけに顔を上げ、しかしこちらもどこか戸惑った様子で淡海の顔を見上げた。

なんなのあのおじさん、と言わんばかりの視線である。

淡海はクスクス笑いながら、ロイドに言った。

「マヤ様って。そんなに丁重に扱われたら、マヤも嬉《うれ》しいを通り越して、恐縮してしまっているんじゃないかな。マヤでいいですよ」

しかしロイドは、むしろ困った様子で首を横に振った。

「呼び捨ては、わたしにはむしろ難しゅうございます。では、せめてマヤさんと。それでよろしゅうございましょうか？」

「そこが落としどころですか。マヤ、あちらの紳士が、君の頭を撫でたいって。行っておいで。君と仲良くなりたいみたいだよ」

するとマヤはほんの数秒、小首を傾げて考えると、伏せのポーズから後ろ脚を少し庇《かば》うような動作で立ち上がり、ゆっくりとロイドに歩み寄った。そして、緊張するロイドの前に来て、軽く頭を垂れた。

まるで「どうぞ」と言わんばかりの仕草に、ロイドは感動して、上擦った声を上げる。

「おお、まるで言葉がおわかりのよう……いえ、わかっておられますね？」

淡海も、何だか得意げに肯定の返事をした。

「僕もそう思いますね。まあ、すべての言葉を理解しているわけではないでしょうけど、ある程度は確実に。あと、優しく話しかけられるのが、とても好きな子のようです。亡くなったご主人は一人暮らしだったそうなので、いい話し相手だったんでしょうね。たまに、小さく鳴いて返事をしてくれますよ」

「まことでございますか！　では、マヤさん。こんばんは、はじめまして。わたしは、ロイドと申します。お近づきの印に、頭を撫でさせていただけますと、ありがたき幸せなのでございますが、如何《いかが》でしょう」

人間に対するときと同じだけ丁寧に話しかけながら、ロイドはそろそろと犬に向かって手を伸ばす。犬は、じっと待っている。

海里はこみ上げる笑いを嚙《か》み殺しつつ、それを無言で見守った。

ロイドの骨張った手が、ようやく犬の黒くて大きな頭の上にそっと置かれる。

そろりとひと撫で、今度はもう少し長いストロークでふた撫でして、ロイドの彫りの深い顔に、ようやくいつもの柔らかな笑みが戻ってきた。

「おお、お犬さんの頭というのは、思っておりましたよりずっと大きく、そして固いものでございますね」

「そりゃそうだろ！　犬だって人だって、頭には頭蓋骨《ずがいこつ》があるんだから」

さすがに突っ込まずにいられなかった海里を、ロイドは少し恨めしげに見る。

「それはそうでございますが……。やはり、新鮮な感動がございますよ。かように大人しく触れさせてくださって……おおっ！　おおおお……」

撫でられたお礼のつもりか、マヤはロイドの手のひらをべろんべろんと長い舌で舐《な》めた。

初めての感触に、ロイドはひたすらアワアワしてしまう。

「これは、もしや味見、でございましょうか。最終的には、わたしを食べようと？」

海里は笑いながらその懸念を打ち消し、マヤの意識を自分に向けようとした。

「ばーか、ちげーよ。ペロペロは親愛の情だよ。よかったな、ロイド。マヤ、俺のことは覚えてるよな？　あ、でもまだ名乗ってなかったっけ。五十嵐海里。よろしくな」

ところが、ロイドごしに声をかけた海里の顔をチラと見ただけで、マヤは淡海の傍にあっさり戻ってしまった。

お前のことは知っています、特に目新しくないです、とでも言いたげな、あからさまに冷ややかなマヤの態度に、海里は「ええ〜」と不満の声を漏らす。

淡海は、そんな海里をからかった。

「おや、マヤは若いイケメンより、渋い英国紳士がお好みなのかな。なかなかの通だね」

「そんなのアリかよ～。まあ、芸能人オーラが消えて久しいから、しょうがないか。そりゃ元芸能人なんて、ロマンスグレーの英国紳士よりインパクトがないよな」

本格的にむくれて若干の自嘲《じちょう》を口にしながらも、海里は立ち上がる。

「淡海先生、勝手知ったる他人様《ひとさま》のキッチンってことで、お茶煎《い》れてきていいですか？　日本茶がいいですよね、コーヒーはさっき店で飲んだし」

淡海は、自分の足元を指さした。

「すまないね、お客様にやらせてしまって。足をロックされているものだから、どうにも動けなくて」

困った口ぶりではあるが、淡海の顔には、これまで見たことがないような大きな笑みが浮かんでいる。海里は、呆《あき》れ顔をしてみせた。

「もはや自慢ですよね、それ」

「ふふ、バレたか。冷たいお茶でよければ、冷蔵庫にペットボトルが入っているから。どれでもどうぞ」

「了解でーす」

「海里様、わたしもお手伝いを」

「お前はマヤと親交を深めてろよ。店じゃ、動物と触れ合うのは無理なんだし」

そう言い置いて、海里はキッチンへと向かった。

もう何度も淡海邸には来ているし、キッチンでケータリングの料理を仕上げたり、盛りつけたりしたこともある。

リビングの灯《あか》りがあれば、ダイニングの照明をわざわざつけなくても、薄暗い中、大きなテーブルの脇を通り過ぎてキッチンへ行くことくらい造作もない……のだが。

「……ん？」

リビングから続き間のダイニングに踏み込んだ瞬間、海里はつんのめるように足を止めた。

視界の端……テーブルの向こう、大きな掃き出し窓のすぐ傍に、何か見慣れないものが映ったような気がしたのである。

「ん？　何かあったかな？」

足を止め、薄暗がりに目を凝らしてみたが、窓に引かれたクリーム色のカーテンが、リビングからの光を柔らかく受け止めているだけである。

「気のせいか。酔っ払ってんのかな、俺」

海里は、ゴシゴシと目を擦《こす》った。

淡海が連れていってくれたのは、淡海邸から急坂をてくてく下っていったところにある「ラベィユ」という名のフレンチレストランだった。

色々な店が入ったビルの二階にあるその小さな店で、一見シンプルだが、実に手の込んだ、丁寧に作られた料理を味わいながら、海里は久し振りにワインを飲んだのである。

「ロイドさんは……そう、ジンジャーエールですか。いいですね、僕も好きですよ。五十嵐君は？　飲めるよね？　ああ、嬉しいなあ。僕はひとり飲みはあまり得意じゃなくて。どうせなら、気心の知れた人と飲みたいと思っていたんだ」

淡海に手放しで喜ばれてしまっては、付き合って飲むしかない。

海里は、酒はそう強くないにせよひととおり飲めるのだが、ワインは酔いが回りやすいと感じている。

スパークリングワイン、白、赤とグラス一杯ずつ飲んだので、自分が思っているより酔いが残っているのだろうと海里は思った。

「お茶、たくさん飲んで帰ろう。明日《あした》に残らないといいな」

軽く頭を振ってそう呟《つぶや》くと、海里はキッチンへと向かった。

「お待たせ……って、うわあ」

海里がトレイに麦茶をなみなみと注いだグラス三つを載せてリビングに戻ると、ロイドは絨毯《じゅうたん》の上に座り込み、マヤの相手をしていた。

なんとマヤのほうも、すっかりロイドと打ち解けた様子で、ごろんと横たわり、お腹を見せるばかりか、ロイドに撫《な》でさせている。

「何だよお前ら。あっという間に仲良しさんかよ！」

さすがにあられもない姿を海里に見られて気まずかったのか、マヤは足を閉じ、澄ました顔でお座りをする。

ロイドは満面の笑みで、自分のベストを指さした。

「ご覧ください、海里様。毛だらけでございます！」

海里はゲンナリした顔で「おう」と返事をして、とりあえずコーヒーテーブルにトレイを置く。

「なんで、服が毛だらけになって嬉《うれ》しそうなんだよ、お前。困るとこだろ」

「困るなどと、とんでもないことでございますよ。ずっと恐れていた大きな大きなお犬さんと、かように心を通わせることができるなど、夢のようでございます。また一歩、このロイド、階段を上り、高みに近づいた心持ちが致します」

「大袈裟《おおげさ》……！　いや、けどまあ、心の階段がどこに向かってあるかは、人それぞれだよな」

「眼鏡それぞれでございます」

よいしょと立ち上がったロイドに、海里は不思議そうに訊《たず》ねた。

「淡海先生は？　トイレ？」

「いえ、取ってくるものがあるからと書斎へ行かれました」

「書斎？　なるほど。それで、マヤが俺たちを見張ってんのか」

海里の言葉のとおり、マヤはさっきまで淡海がいたあたりの床に座り、海里とロイドを……主に海里をじっと見ている。

敵意や強い警戒心こそ見せないものの、淡海がいないあいだ、自分がこの空間を守るのだという、穏やかだが強い決意を感じる視線だ。

「一時的に保護って言ってたけど、何だかもう、マヤ的にはここが自宅で、淡海先生が新しいご主人様だと思ってるんじゃないかな。もし、別れることになったら、双方のダメージがでかそう。……まあ、部外者の俺が心配してもしょうがないか。ほい、お茶」

「主《あるじ》にお茶を入れていただくとは、畏《おそ》れ多いことでございます」

「いつも入れてんだろ、お茶くらい」

ロイドと並んでソファーに腰掛け、海里はごくごくと麦茶を飲み、ふうっと息を吐いた。

「それにしても旨《うま》かったな、全部」

ロイドも、ご馳走《ちそう》になったディナーを反芻《はんすう》するような顔つきで、深く頷《うなず》いた。

「美味でございました。小さなおつまみが並ぶオードブルは楽しく、『海の幸サラダ』は、ドレッシングのハーブの香りが爽《さわ》やかで、魚介をキリリと引き立てており」

「いつも言うことだけど、俺より上手に食レポするのはやめてくれよな。なけなしの、元料理のお兄さんのプライドが滅するわ」

半ば本気で文句を言いつつも、海里は満足げな溜《た》め息《いき》をついた。

「俺が選んだ、大根の上にフォアグラが載っかった奴も、滅茶苦茶《めちゃくちゃ》旨かった。フォアグラみたいに脂が濃い食べ物はあんまり得意じゃないんだけど、表面がカリッとなるまで焼いてあって、やわらかーく煮た大根が凄《すご》くサッパリさせてくれて、バルサミコのソースが甘酸っぱくて。ああいうの、普段は食わないもんだから、余計に感動したなあ」

「わたしも、海里様よりたいへんに小さな一口を頂戴《ちょうだい》しましたが、まことに結構でございました」

「小さいを強調すんな！　一口やっただけでも親切だろ？」

「そうでございますが……一口いただくと、三口食べたくなるような美味でございました。その、フォアグラと申しますのは、夏神様のお店で提供するのが難しいような食材なのでございましょうか」

ロイドの疑問に、海里は「当たり前だろ」と、思わず声のトーンを跳ね上げた。

「超高級食材だぞ。それに、いいのが手に入りにくくなったって、お店のご主人も言ってたし。うちみたいな定食屋の日替わりで、ガンガン数を出せるようなもんじゃねえよ」

「そうでございますか。残念です。夏神様がお料理なさるフォアグラは、またひと味違うのであろうと想像したりしておりました」

「……それは、ちょっと魅力的な想像だな」

「で、ございましょう？」

我が意を得たりと、ロイドは勢い付く。海里も、ちょっと考えながらこう言った。

「夏神さん、洋食屋で修業したんだもんな。あの大師匠なら、フォアグラも料理したかも。夏神さんも、何かフォアグラ料理、知ってるかも」

「そうでございますよね！　ああ、夏神様のフォアグラ料理……どのようなものをお作りになるでしょう。胸躍ります」

胸の前で両手の指を組み合わせてときめくロイドに、海里も思わず真剣に同調してしまった。

「だな。俺もちょっと興味ある。今年のクリスマスあたり、奮発してちょこっとフォアグラ買って、夏神さんに料理してってって頼んでみるか」

「ようございますね！」

「お前が頼んでたメイン、ヒラメのパイ包み焼きだったっけ？　あれも旨かったよなあ。のけぞるほど小さな一口、貰《もら》って食っただけだけど」

さっきの意趣返しをする海里に、ロイドはアメリカの俳優のように、両手を広げて肩を竦《すく》めてみせた。

「あの一口が、わたしにとってお裾《すそ》分けを許容できる最大サイズでございましたが！」

「だよなあ。滅茶苦茶旨かったもんな。でも、交換した俺の鴨一切れも最高だったろ？」

中央部のみがうっすらピンク色に仕上げられた鴨肉の、汁気たっぷりな味わいを思い出したのか、ロイドは思わず目をつぶる。

「最高でございました！　淡海先生が気前よく我々に一口ずつくださったステーキも、たいそう柔らかく」

「そうそう。やっぱ、全部旨かった。でも、淡海先生、やっぱ食が細いよな。もっとガツンと、それこそマヤを見習って食えるようになって貰わなきゃ」

「おや、マヤさんは健啖家《けんたんか》でいらっしゃるので？」

「らしいぞ。不安になって、淡海先生がこんなに食べさせていいのかって奈津さんに訊《き》いてくれって言うくらい食うんだって。な、マヤ？」

海里に同意を求められた黒い犬は、つまらなそうな顔でふいっと横を向く。

どうやら、マヤは海里に、何かしら気に入らないところがあるらしい。とても、さっきロイドに対してしていたように、腹を見せて触らせてくれるような親密な仕草はしそうにない。

「なんだよ～。お前、俺だけに冷たくない？　まあ、ベタベタに甘えてほしいと思ってるわけじゃないけど、俺、犬にはわりと好かれるほうだと思ってたんだけどなあ」

海里はガックリと肩を落とす。

「おや、海里様は、他のお犬さんとの交流も多くおありなのですか？」

ロイドは、他の犬の話も聞きたそうに、軽く海里のほうに身を乗り出す。

「それほどじゃないけど、散歩中の犬を、飼い主さんに許可を貰えたらちょっと撫でさせてもらったりとか。ドラマとかバラエティの現場も、だいぶ前から動物ものが流《は》行《や》りなんだよ。面白ペットとか、そういうの」

「ほう。そういえば、お店でつけているテレビでも、楽しい動物の姿をよくお見かけしますね」

「そうそう。昔はいちいち撮影に出向かなきゃいけなくて大変だったけど、今はみんなスマホを持ってるからさ。飼い主が撮影した動画をインターネットで見つけて、『テレビで紹介してあげるから、無償で提供して』って連絡するだけでいいもんな。安上がりだし、手間も省ける」

　海里の声音と表情に、非難の色を感じとったのだろう。ロイドは、おっとりと、主を窘《たしな》めた。

「そういう局面もございましょうが、見る者にとっても、可愛い、愉快な動物さんの動画を集めたものは、楽しい番組でございますよ。番組を作る人が楽、見る人が楽しいのであれば、うぉんうぉんというものでは」

「それだと、過去形あるいは犬だろ！　Ｗｉｎ－Ｗｉｎ！　お前、ホントにイギリス生まれかよ」

「なにぶん、日本育ちでございますからねえ。英語が錆《さ》び付いてしまうのも、やむを得ないことかと」

　淡海が聞いていたら、「それ、原稿に貰うよ」と大喜びしそうなとぼけたやり取りで、海里とロイドは笑い合う。

　二人は、自分たちを見張っているはずのマヤが、ダイニングの、さっき海里が何かを見たような気がした窓際を、じっと見つめていることには気づきもしなかった……。

しばらくの後に戻ってきた淡海の手には、一枚の白い紙片があった。

いわゆるA4サイズのコピー用紙と呼ばれるタイプの薄い紙だ。

「やあ、寄っていってって誘ったお客さんをほったらかしにして、ごめんよ。マヤが代わりに接待してくれていたかな？」

詫《わ》びる淡海に、海里は、担任にクラスメートの悪行を告げ口する小学生のような口調で言った。

「せんせー、マヤさんが、ロイドに優しくて俺に冷たいでーす」

「おや。そうなの？　出会ったタイミングは、僕とまったく一緒なのにね。僕にはとても優しいよ。ちょっとくらいは我が儘《まま》も言うけど、可愛いレベルだし。ねえ、マヤ」

そうですともと言わんばかりに、マヤは再びソファーに座った淡海の脚に、遠慮なくもたれかかって座る。

一時保護主というよりは、親か恋人に甘えるような仕草だ。

「わたしにもたいへんフレンドリーに接してくださいますよ。海里様、初対面の折、何か失礼なことでも悪気なくなさったのでは？」

ロイドの、それこそ失礼な疑惑に、海里は「してねえし！」とふて腐れる。

「まあまあ。もしかしたら、君がイケメンすぎて気後れしているのかもしれない。何ごともポジティブに受け取ったほうがいいよ」

淡海は笑いながら、その紙片を海里に差し出した。

「ポジティブ過ぎるのも考えもんだと思いますけど。何です？」

控えめな口ごたえをしながらも、海里は従順に紙片を受け取った。

眩《まぶ》しいほど白い紙には、ど真ん中にこんな文章が黒字で印刷されていた。

「才能も技術も、結局は持ち主の魂と一緒に旅立ってしまった。そして、二度と戻らない。技を引き継ぐ？　簡単に言うな。引き継げるとしても、それは小手先だけだ。魂は決して引き継げない。魂がないなら、それはただの物真似に過ぎない」

何やら物騒なフレーズを、黙読し、次に口の中で小さく呟《つぶや》いてから、海里はキョトンとした顔で淡海を見た。

「何すか、いきなり。何だかセンチメンタルな文章ですね」

淡海は照れ笑いして、伸びてきたもじゃもじゃの髪を掻《か》き回した。

まるで、実写ドラマにおける「金田一耕助《きんだいちこうすけ》」のようなアクションである。彼と違うのは、フケが落ちないところだ。

「ああ、ごめんごめん。唐突だよね」

「だいぶ」

「これは、今、構想中の小説の、キーになりそうな台詞《せりふ》なんだよ。さっき、君たちと喋《しゃべ》っていたら突然このフレーズが降ってきたから、慌てて書き留めに行っていたんだ」

それを聞いて、海里と、隣で紙片を覗《のぞ》き込んでいたロイドは、「おお」というお揃いの口の形をして、顔を見合わせた。

たとえ熱心な読書家ではないにせよ、まさに「創作が生まれる瞬間」に立ち会っていると思うと、ワクワクがこみ上げて来るものだ。

ロイドは、自分も耳に心地よい声でその台詞を読み上げ、ふうむ、と小さく唸《うな》った。

「失礼ながら、たいそうネガティブな台詞ですが、これが作品の鍵《かぎ》になる……のですか？　次のお作は、ずいぶんと陰鬱《いんうつ》なものに？」

「おい、ロイド。マジで失礼！」

海里は、ロイドの腕を肘《ひじ》で小突いて窘める。ロイドは慌てて、口に片手を当てた。

「おお、これはたいへんご無礼を致しました。陰鬱などという言葉は、使うべきではございませんでしたね」

「いやいや。陰鬱、たいへん結構です」

気を悪くした様子もなく、微笑んでそう言うと、淡海はゆったりとソファーに身体を預けた。

「創作には、色々なスタイルがあります。世間というか、業界では、ドロドロした人間の業を掘り下げることこそ上等、と考える流れがあるように思うけれど、僕はそうは思わない。せめて創作の世界では、人の心に光あれ、と願って書いていますよ」

ロイドは、こくこくと子供のように何度も頷《うなず》く。

「人の心に光あれ！　それはたいへんよいお言葉かと。むしろ、この紙に印刷された台詞より、遥《はる》かによいのでは？　たいへん胸に響きました」

「ローイードー！　失礼を積み上げるなっつの」

「あ、返す返すも」

ロイドは慌てて再び謝ったが、淡海はむしろ細い目を輝かせ、揉《も》み手《で》をした。

「いいんだってば。普段は、五十嵐君にアイデア出しに付き合ってもらっているけれど、ロイドさんからもいいヒントを貰《もら》えそうだな。ちょっと今の、もう一度言ってみてくれませんか？」

「よろしゅうございますとも」

ロイドは座ったままシャンと背筋を伸ばした。海里が自室で朗読の稽古《けいこ》をするとき、いつも見守っているので、その姿勢を自然に真似たのだろう。

「人の心に、光あれ！」

力強い詠唱めいたロイドの発声に、淡海は嬉《うれ》しそうに拍手を送った。

「ああ、いいなあ。その朗々たる声、覚えておきますよ。何だか、仕事に詰まったとき、灯台のように道を照らしてくれそうだ」

「舞台役者かよ」

海里はつい、意地悪なコメントを小さく発してしまう。

舞台役者として努力し続けてきた李英はともかく、今、思いつきで言ったフレーズを絶賛されるロイドには、やはり軽い嫉妬《しっと》を禁じ得ないらしい。

しかし淡海は、そんな海里の心境には気づかない様子で、今度は海里に朗読をねだった。

「五十嵐君は、その紙に印刷した台詞を、いつもみたいに読んでくれるかな？」

「あ……はい、別にいいですけど、できたら背景を少し」

「あっ、そうだね。勿論《もちろん》」

淡海は、ソファーから背中を離し、テーブル越しではあるが、海里のほうに身体を乗り出して口を開いた。

「これは、弟子入りして数年で師匠を亡くした、若き人形遣いの嘆きなんだ」

「人形遣い！　そりゃまた特殊な業界を……」

「伝統芸能に年々、興味が出てきてね。この数年、あちこち取材させてもらってるんだよ」

「へえ……。ああ、なるほど。それで、魂は引き継げないって、そんな発言を」

「そうそう。頼めるかい？」

「ちょっと待ってください」

海里は紙片に視線を落とした。

こういうとき、打てば響くようにすぐ読み上げられれば、格好良いし、そのときこそ本物の役者になれるのだろうかと海里は思う。

しかし今の彼は、じっくりとまではいかなくても、しばらく台詞を噛《か》み砕き、自分なりに解釈する時間を必要としている。

(師匠を亡くしたばかりの若き人形遣い、か)

海里は幾度も台詞を視線でなぞりながら、自分より若い、二十歳そこそこの人形遣いの心の内を、自分なりの想像で組み立てていく。

(幼い頃に、初めて見た人形劇。憧《あこが》れが生まれたんだろうな。それを静かに育て続けて、そのときに人形を操っていた人に弟子入りできたとしたら……きっと、とても嬉しい。師匠は思っていたより偏屈で、厳しくて、理不尽な目にも遭うけれど、その人の操る人形は、まるで生きているようで、やっぱり凄《すご》くて、眩しくて)

海里の中では、若き人形遣いは、家を飛び出し、ミュージカル俳優への道を進み始めた自分自身だった。

卓越した想像力で、演じるキャラクター像を見事に組み立てていく俳優もいるが、海里はそういう器用なタイプではない。

演じる対象と自分自身に重なる部分があってこそ、表現に説得力が生まれ、声に乗せる感情も豊かになる。

(食らいついてやる、きっと師匠を超える人形遣いになる。そう思った矢先に、師匠が死んでしまったら。俺だってこう思う。動画を撮っていたとしても、そこからゲットできるのは、確かに技だけだ。師匠の魂を学ぶには、あまりにも一緒に過ごした時間が短かった)

師匠がもっと長生きしてくれれば。いや、自分がもっと早く生まれていれば。願っても詮《せん》ないとわかっていても、きっと願わずにはいられなかっただろう。

海里は紙片から顔を上げ、もう頭に叩《たた》き込まれた台詞を声に出してみた。

『才能も技術も、結局は持ち主の魂と一緒に旅立ってしまった。そして、二度と戻らない。技を引き継ぐ？　簡単に言うな。引き継げるとしても、それは小手先だけだ。魂は決して引き継げない。魂がないなら、それはただの物真似に過ぎない』

ひと呼吸置いてから、つい自分自身の思いが口をついて出る。

「わかるなあ、この感じ。憧れた役者さんの台詞回しとか、仕草とか、俺もよく真似したもんです。でも、見事に滑っちゃうんだ。魂とか性根がないくせに、上っ面だけ猿真似するからだって、ササクラさんにこないだ笑われたっけ。そのとおりですよね」

淡海は、ますます興味深そうに、海里から紙片を受け取った。そして、テーブルの上にあったボールペンで何かを熱心に書き付けたあと、満足そうに小さな息を吐いた。

「ありがとう。二人とも、ありがとう。五十嵐君をモデルにするなんて安直なことはもうしないけれど、君のその役者としての七転八倒の記憶は、僕の創作において、大いに参考になるよ」

「そうですか？　でも、こういうの、誰にだってあるんじゃ……？」

ちょっと不思議そうな海里に、淡海は薄い眉尻《まゆじり》をぐんと下げ、情けない笑みで応《こた》えた。

「僕にはないんだよねえ。夢というものを、およそ持たない人生だったから。たとえ養父と実の母に大切に育ててもらったとしても、出自を知ったとき、とても傷ついた。実の父親に、生まれる前に捨てられたって知ったら、誰だって傷つくだろう」

どう相づちを打ったものか迷い、結局、海里もロイドも、同じ方向に少しだけ首を傾げる。彼らのリアクションなど気にもせず、淡海は淡々と話を続けた。

「自分が存在してはいけないもののように感じたし、自分の命が無価値に思えた。夢を持つどころか、消えてしまいたい、なんてね。妹がいなかったら、とても生き延びられなかったと思う」

海里とロイドは、また視線を交わす。困惑顔で口を開いたのは、海里のほうだった。

「そっちはそっちで、俺には経験ないっす」

「そりゃそうだ！　ひとりの人間が知る世界は、とても狭い。そういうことだよね。

だからこそ、他人の人生が興味深く、学び多いものだと感じられるんだろう。君やロイドさんと話せて、本当にありがたいよ。僕には、胸を開いて率直に話せる相手が、そんなにたくさんはいないものだから」

今度は淡海が、考え込む番だった。

ちょうど手を伸ばしたところにあるマヤの頭を撫《な》で、耳の後を掻《か》き、首筋を撫で下ろしながら、目をつぶって天井を仰ぐ淡海を、海里とロイドは、ちびちびと麦茶を飲みながらじっと見つめる。

マヤもまた、気持ちよさそうに、淡海の手が望む場所に来るよう微妙に姿勢を変えながら、大人しく淡海の顔を見上げている。

やや横を向くと、僅《わず》かに見える白目や、たるんだ口元の皮膚が、いかにも頑固そうな表情を形作っている。

しっかりしたマズルや、碁石のようにツヤッとした濡《ぬ》れた鼻は愛らしいが、垂れた耳の先や目の周り、口元には、おそらくは加齢によると思われる白い毛が目立つ。

(落ち着いた大人の女は、俺みたいなひよっこは眼中にないって感じかね)

思わず海里がそんなやっかみ半分の考えを頭によぎらせたとき、淡海は目を開き、

「うん、プロットを組み立て始められそうだ」と笑顔で言った。

「我々は、少しなりともお手伝いできましたでしょうか?」

ロイドの明るい問いかけに、淡海も目尻《めじり》に笑いじわを寄せて頷《うなず》く。

「大いに手伝っていただきましたよ。ありがとうございます。人の心に、光あれ。それを特大のテーマに掲げて、物語を組み立てていこうかと」

「素晴らしゅうございます。ということは、海里様が先ほど演じた、人形遣いの若者は、光に出会うのでございますね？」

淡海は、海里を見て頷いた。

「彼は、彼だけの光を探し求め、見つけるだろう。それがいつ、どこで、どんな光かは、まだ僕にもわからないけれど。キャラクターの人生を見つめ続け、追い続けていれば、いつか彼ら自身が見せてくれる。僕はそれを書き留めるだけだ」

「……かっこいい！」

海里の心からの賛辞に、淡海はとたんにはにかんで、「傍観者のくせに、七転八倒の道行きだよ。何も格好良くはない」と弁解めいた口調で言った。

おそらく、創作や表現の道においては、誰しも人にはとても見せられない姿で努力し、苦闘し、挫折《ざせつ》し、もんどり打つ局面があるのだろう。

たまにいるように見える「苦もなくやってのける」人など、本当は存在しないのだ。

芸能界を去ってから、ようやくそんなことに気づき始めた海里は、しみじみと「わかります」と呟《つぶや》いた。

結局、それからも創作話に話が弾んで、海里とロイドが淡海邸を辞したのは、午後十時を過ぎてからだった。

「明日《あした》がお休みですと、夜ふかしも楽しゅうございますね」

暗い坂道をてくてくと「ばんめし屋」に向かって下りながら、ロイドはそんなことを言った。

海里も笑って頷く。

「東京にいた頃は、午後十時なんて、宵の口って感じだったけどな。街中は昼みたいに明るくて、人もいっぱいいてさ。でも、こっちに来たら、何だかもう、とんでもない夜遊びをしたみたいな気分だよ。街灯は少ないし、人はいないし」

「東京というのは、眠らない街だと伺いました」

「マジで眠らない。夏神さんの店は、このあたりじゃ珍しい深夜営業だけどさ、東京だったら、フツーなんだよ。午前三時に北京《ペキン》ダックが食べられる店も、高級焼肉が食べられる店だってある」

「おや、それはまた。便利なのか、何なのか」

「便利っちゃ便利だったけどな。……お前、その毛だらけの服、帰ったらコロコロをかけろよ」

街灯の横を通ると、ロイドのベストにくっついたマヤの毛が、光を受けてチラッと光る。ロイドは、もったいなさそうに胸元を撫で、それでも従順に頷いた。

「そうでございますねえ。お客様の前に、この状態で出るわけには参りませんから、残念ですが、綺麗《きれい》にすることにいたしましょう。飲食業は、清潔が命。夏神様は、いつもそう仰せですからね」

「そうそう。……ん？」

急に足を止めた海里に、ロイドもつんのめるように立ち止まり、主《あるじ》のほうを振り返る。

「如何《いかが》なさいました？」

海里は怪訝《けげん》そうな面持ちで、ロイドに問い返す。

「何を返してって？　俺、お前に何か借りたっけ」

「は？」

ロイドは、つぶらな、それこそ犬を思わせる茶色い目をパチクリさせる。

「わたしは、左様なことは申しておりませんが」

「マジで？　今、言ったろ？」

ロイドは、心配そうに主の顔を窺《うかが》う。

「海里様、もしや、それほどまでに酔っておいでですか？　結局、またお酒を少しきこしめしてしまいましたし」

海里は鈍くかぶりを振る。

「そんなこと、ないと思うんだけどな。確かに、ワインの後にハイボールはあんまりよくなかったかもしれないけど、一杯だけだし。いやでも、『返して』って、耳元で聞こえた気がした。てっきりお前だと思ったけど、考えてみたら、お前の声とは違ってたかも。一瞬だから、よくわかんねえな」

ロイドは、辺りを見回し、誰もいないことを確認してから、海里に向き直った。

「やはり、空耳では？」

キュッ。

そのとき、海里が肩から提げているエコバッグの中で、何やらコミカルな音がした。

「ん？」

バッグの中を覗《のぞ》き込んだ海里は「あ」と小さな声を上げ、バッグの中に手を突っ込んだ。引っ張り出したのは、まさかの「マヤの玩具《おもちゃ》」である。

まだ新しそうなので、淡海がマヤに買い与えたものだろう。

オレンジ色の樹脂製のボールで、表面にはたくさんの短い突起がある。いかにも噛《か》みごたえがありそうな代物だ。

海里が手で押してみると、さっきと同じ「キュッ」という音が鳴った。その音でも、犬を楽しませる仕組みなのかもしれない。

「あいつ、遊んでて俺のバッグにこれを放り込んだんだな。お気に入りの玩具なんだろうから、ちょっと行って、返してくるわ。すぐ戻るから、ここで待ってろ」

海里は慌てた様子でそう言い置いて、急な坂道をどかどかと淡海邸へ引き返していく。

「お気をつけて！」

そんな言葉で主を見送り、暗がりに遠ざかる背中を見守りつつ、ロイドは「はて」と首を傾げた。

「家に帰り着いてから見つけたのでは大変でしたから、ここで気づけてようございましたが……いったいどなたが、『返して』と我が主に囁《ささや》いてくださったのでしょう。それに今、バッグの中のボールを、いったいどなたが押して知らせてくださったのやら」

この世のものではない存在については、付喪神《つくもがみ》である自分のほうが、海里より敏感に気配を察することができるであろうと、ロイドはこれまで確信していた。

しかし……あるいは、そうでない「もの」も存在するのかもしれない。

ロイドには、とても今の一連の出来事が偶然、あるいは海里の気のせいだとは思えない。

とはいえ、この暗い坂道、少なくとも見える範囲内には、今、ロイド自身しか存在していない。

「はてさて。どうしたことやら。どこのどなたかは存知上げませんが、マヤさんのお味方であることは、確かなよう。玩具の持ち出しをお知らせいただき、まことにありがとうございます」

存在すら感じられない「誰か」がいるものと仮定して、ロイドは主に代わり、丁重に感謝の言葉を口にした。

そして、これでその「誰か」が納得し、もう海里の身の上に怪現象が起こらないよう、そっと胸の内で祈った……。

四章　物言わぬ目

翌、日曜の夜。

「毎日暑いし、景気づけに素麺《そうめん》と天ぷらでもせえへんか。俺の奢《おご》りや」

そんな夏神の誘いを断るはずもなく、海里とロイドは、夏神の居室兼茶の間の卓袱《ちゃぶ》台《だい》を、共に囲んでいた。

当然のことだが、店が休みの週末には賄いはなく、各自、店の冷蔵庫や冷凍庫で余っている食材を自由に食べていいことになっている。

しかし、まとまった量のほうが作りやすい料理も多々あり、そういうときは、夏神と海里は互いに惣菜《そうざい》をお裾分《すそわ》けしたり、共に食事をしたりすることも多い。

今回は、皆で一緒に作り、一緒に食べることになった。

火気厳禁のロイドは食卓と飲み物の準備、それに箸休《はしやす》めの酢のもの作りを担当した。

一方、夏神は天ぷらを揚げまくり、海里は素麺を茹《ゆ》で、薬味を用意する。

三人の見事なチームワークにより、小一時間で準備が整い、汗だくの夏神と海里、そして涼しい顔のロイドは、揃って食卓を囲んだ。

「二階の台所は、やっぱし熱が籠《こ》もるなあ。エアコンつけてもえらい暑かったわ」

タンクトップ姿の夏神のそんな言葉に、海里もTシャツの袖《そで》で額の汗を拭《ぬぐ》いながら同意した。

「茶の間のエアコンの風が台所の換気扇に追い出されて、余計に暑いんだよな。でも、汗かいて飲むサイダーは旨《うま》い！」

「同感でございます！」

「お前は眼鏡なんだから、汗なんかかかないだろ」

「されど、労働の後のサイダーは美味！　炭酸の泡が、セルロイドに染みいります」

「むしろ染みちゃって大丈夫なのかよ、それ」

そんな主従のとぼけたやり取りに笑いながら、夏神はロイドが丁寧にすり下ろした大根を、たっぷりと天つゆの中に入れた。

常日頃から、外食する際、天ぷらやだし巻き、焼き魚に添えられる大根おろしの量の少なさを大いに不満に思っている夏神なので、自分の店の日替わり定食や賄いでは、けちらずにどっさり用意することにしている。

夏の大根は、肉質が硬くて辛みが強い傾向がある。だからこそ、ロイドの余計な力を入れない、おっとりした下ろし方が、辛みを出しにくくてちょうどいいのである。

「俺やと力が強すぎて、イガやとせっかちすぎる。大根おろしは、ロイドがいちばん上手《うま》いな。名人級や」

かつて、夏神にそんな風に褒められて以来、ロイドは「大根おろし係」を自認していて、海里にその役目を譲らないのだった。

「ほい、大根おろし。さすがに全然辛《かろ》うないとは言われへんけど、小気味のええ刺激と感じられる範囲内や。スッとするわ」

大根おろしを少し味見してから、夏神は器を他の二人に回した。

海里もまた、スプーンでどっさり大根おろしを取り、こちらはポン酢を回しかけながらクスッと笑った。

「ちっちゃい頃は、大根おろしがちょっとでも辛いと食えなくてさ。でも兄貴に『出されたものはグダグダ文句を言わずに黙って食え。大根おろしの辛みは身体にいいんだ』って怒られて、泣きながらお茶で流し込んでたな」

ロイドは気の毒そうに眉《まゆ》をハの字にする。

「それはそれは。苦みや辛みは、お子様には辛《つろ》うございましょうに。お兄様はなかなか厳しくていらっしゃったのですね」

「今も厳しいけどな！　でも、実は兄貴にも、食べ物の好き嫌いはあったみたい」

「おや、左様なのですか？　弟君にそのように厳しく仰《おっしゃ》るのであれば、てっきりご本人は、何でも好き嫌いなく召し上がれる御仁なのかと」

驚くロイドに、海里は懐かしそうに笑った。

「俺もそう思ってたし、実際、当時の兄貴は何でももりもり食ってた。でも最近じゃ、たまに実家に呼ばれて家族みんなで飯食うとさ、ちょこちょこ言うんだよ」

夏神も、興味深そうに身を乗り出す。

「何て言わはるんや？」

「茄子《なす》はぐにゅっとした食感が苦手だとか、ししとうはあんまり得意じゃないとか。母親と奈津さんが作った料理に対して文句を言うわけじゃないし、ちゃんと食うんだけど、すっごいさりげなく『ところで、参考までに知っておいて貰《もら》えると助かるんだが』とか前置きして、モゴモゴ言うんだ。それがなんか可笑《おか》しくてさ」

夏神は、クシャッとした笑顔で「なるほどなあ」と共感のこもった声を出した。

「お前に好き嫌いのう食わせるために、自分の好き嫌いを隠して我慢して食べてはったんか。ええ兄貴やないか」

海里も、ちょっと「どうかな」というおどけた仕草をしながらも同意する。

「だよな。それがわかってるから、お母さんも奈津さんも、『早く言ってよ〜』って笑ってた。なんかちょっと決まり悪そうな兄貴の姿が、よくってさ。俺の前で、格好つけるのやめたってことは、その」

「お前のことを、ひとりの大人として認めたっちゅうこっちゃ。その上で、お兄さんも親代わりの役目を終えて、等身大の姿を見せようとしてはるんやろ」

海里の推測を、夏神はみなまで聞かずに肯定する。

「だよな。兄貴との関係、ちょっとずついいほうへ変わってきたと思う」

嬉《うれ》しそうにそう言って、海里は天ぷらの大皿に箸《はし》を伸ばした。

夏神が張り切って揚げた天ぷらは、海老《えび》、キスの開き、イカ、茄子、オクラ、新レンコン、人参、トウモロコシと盛りだくさんだ。

思い思いに好きな具材をたっぷりの大根おろしと共に味わい、海里が茹でた大皿いっぱいの素麺を啜《すす》る。

まさに、さっぱりと栄養たっぷりを両立する、理想のご馳走《ちそう》である。

「俺さ、ここに来るまで、素麺の味の違いなんて気にもしなかった。素麺と冷や麦の違いは、フードコーディネーターさんに教えてもらって、番組の料理コーナーでドヤ顔で教えたりしてたけど。これ、すげえ旨いわ」

箸でたっぷり取った素麺を、おろし生姜《しょうが》と葱《ねぎ》、それにミョウガの千切りをたっぷり入れたつゆに浸して啜ってから、海里はしみじみと言った。

夏神が今夜用意した素麺は、地元兵庫県が誇る「揖保乃糸《いぼのいと》」の黒帯、つまり特級品である。常連客に「お中元のお裾分け」として貰ったものだが、なるほど贈答品だけあって、麺《めん》が驚くほど細く、茹で上がりは艶《つや》やかで、喉越《のど》しがいい。

「海里様の茹で加減がお上手なこともあって、たいへん美味《おい》しゅうございます」

ロイドも、上手に箸を使い、負けじと素麺をたぐる。

夏神は、二人の旺盛《おうせい》な食欲を嬉しそうに見守りながら、自分は海老の天ぷらをヒョイと取った。

「俺はやっぱし揖保乃糸が馴染《なじ》みやけど、三輪《みわ》素麺も島原《しまばら》素麺も小豆島《しょうどしま》の素麺も、ひととおりは食うたで。それぞれ特徴があって、どれも旨い。茹でるんは難儀やけど」

「だよな。食う段になると涼しげなのに。あと、大量に茹でても、秒でなくなるけど」

確かに、大鍋《おおなべ》で八束も茹でた素麺は、もう半分以下になっている。

「喉越しがええから、無限に食えるねんなあ」

「マジでそれ。それなのにカロリーはけっこうあるのが納得いかねえ。夏バテで、どうにか素麺なら食えるって言ってたら、どんどん太っていくんだよ」

いかにも元芸能人らしい愚痴をこぼし、海里は「あ」とふと箸を置くと、席を立った。

しばらくして戻ってきた彼の手には、小さな紙包みが二つあった。彼はそれを夏神とロイドの前にひとつずつちょんと置き、自分の席に座った。

そして、怪訝《けげん》そうな二人に、ちょっと改まった様子でこう言った。

「こないだの『シェ・ストラトス』での朗読イベント、相変わらずノーギャラではあるんだけど、チップは貰っていいことになってさ」

おお、と夏神とロイドの口から、同時に驚きと祝福のこもった相づちが出る。海里は、「うん」と頷《うなず》いて話を続けた。

「それで、これ、初めて貰ったチップで買った。そんなにたくさん貰えたわけじゃないから、滅茶苦茶《めちゃくちゃ》ささやかだけど。いつも、俺を気持ちよく自主練や『シェ・ストラトス』に送り出してくれてありがとな」

夏神とロイドは顔を見合わせ、そして揃って海里に視線を戻した。

「そない気ぃ遣わんでええのに」

「まったくです。ですが、お気持ち、たいへん嬉しく。頂戴《ちょうだい》いたしますね」

「うん。貰ってくれると嬉しい。あんま期待しないで。マジでささやかだから」

念を押す海里に構わず、夏神とロイドは、それぞれの包みを開けた。中から出て来たのは、ガラス製の箸置きだった。

夏神にはフライパン、ロイドには眼鏡の可愛らしい箸置きである。二人とも、それを手のひらに載せて、満面の笑みで海里に礼を言う。

海里は恥ずかしそうにそれを受け、こう言った。

「喜んでもらえて、よかった。毎日使ってもらえたら、嬉しいよ。あとさ、倉持さんと、砂山さんと、淡海先生にも買ったんだ。淡海先生には、この後届けようと思って」

「おう、ええと思うで。そやけど、そないいくつも買ったら、箸置きでもそこそこしたやろ。お前の手元に、いくらも残らんかったん違うか？」

少し心配そうに問いかける夏神に、海里は「いいんだ」と即答した。

「芸能界を追い出されてから、初めて役者として貰ったお金だから。俺を、また舞台の上に立たせてくれた人たちに、お礼をしたいんだ。ただ、家族は……兄貴は特に、『チップを貰っただけではプロとは言わん』って言いそうだから、ギャラが出てからプレゼントするつもりだけど」

さすが弟、そっくりな一憲の口真似に、夏神は笑い出す。

「あの人やったら、言いそうやな。公認会計士なんやろ？」

「そそ。お金には厳しいんだよ。だから、現時点では、家族は後回し。淡海先生、リモートで打ち合わせがあるけど、午後九時過ぎには終わるって言ってた。なんか差し入れも持って行くよ。お前も行くか、ロイド？」

問われて、ロイドはピョコンと兎の耳でも出そうなくらいの張り切りぶりで頷いた。

「是非、お供させてください。昨日のお食事のお礼を改めて申し上げとうございます」

夏神も、天ぷらの皿を見下ろして言った。

「素麺《そうめん》はともかく、天ぷらは、夏場の先生にはきっついかもしれんな。食材はまだ残っとるから、お前が身支度する間に、先生への差し入れは、俺が何ぞ作ったろ」

「ほんと？　でも、夏神さん。いつも作って貰っちゃって悪いから、今回は俺が」

海里は遠慮しようとしたが、夏神は、皆まで言わせず、強い調子で言葉を被《かぶ》せた。

「うちの若いもんとうちの眼鏡がご馳走になったお礼は、俺がせんなんやろ。任せぇ」

「やったー！　実はさ、夏神さんの弁当とか差し入れとか、勉強になるから俺、大好きなんだ。また、古いレシピから作る？」

ワクワク顔の海里に問われた夏神は、天井を見上げてしばし考え、「おう」と頷いた。

「せやな。レシピっちゅうほどのもんやないけど、ひとつ思い出した本がある。あれの中のレシピをいくつか試してみよか」

「おー、楽しみ。でもまずは、天ぷらを満喫だな。海老と茄子とトウモロコシ、最高」

そう言って、海里は小さな円盤状に揚げられたトウモロコシの天ぷらを一枚取り、これには塩を振って、シャクッと小気味いい音を立てて頬張る。

「わたしは、茄子《なす》の天ぷらに、お素麺の薬味のミョウガを載せて、天つゆに」

「おお、そらなかなか通の食い方やな」

「わたしは、日本の風流を解する英国眼鏡でございますので」

得意げ、かつ涼しい顔でそう言いながら、ロイドは天ぷらがもう熱くはないことを確認してから、それでも慎重に、まずは端っこを齧《かじ》ってみたのだった。

＊　＊

午後九時半過ぎ。

いつもの暗い、急な坂道をスクーターでえっちらおっちら上がり、芦屋神社のすぐ南側にある淡海邸の玄関に辿《たど》り着く。

海里がスクーターを停め、エンジンを切る間に、彼のTシャツの胸ポケットに入っていたロイドは、眼鏡から人間の姿になって、大きな伸びをした。

「海里様のポケットの中におりますと、振動で全身がむず痒うございます」

「そんなもん？ まあ、二人乗りするより安全だろ」

「仰《おつしや》るとおり。さ、参りましょうか」

長袖《ながそで》のシャツの袖口とニットベストの裾《すそ》を引っ張って居住まいを正すロイドをよそに、こちらはTシャツにハーフパンツというこいつものカジュアルな服装の海里は、ヘルメットでペチャンコになった髪を片手で整えながら、インターホンを押した。

数ヶ月前までは、庭も玄関先も荒れ放題で、勝手口から出入りしなくてはいけなかったことを思うと、ずいぶん淡海邸も「人間の住居」の体裁を取り戻したものである。

門扉脇に植わった、何十年ものか見当もつかない巨大なリュウゼツランも、心なしか嬉《うれ》しそうだ。

ずっとガラスがひび割れたままだった門扉脇の照明も新しいものに取り換えられ、辺りを明るく照らしている。

幸い、打ち合わせはもう終わっていたらしい。すぐに玄関の扉が開く音がして、淡海が意外と長い階段を下りてくる、サンダルのぺたぺたした足音が聞こえた。

だが、今日、聞こえたのはそれだけではない。

うぉん！　おん！

腹にズシッと響くような元気な鳴き声は、言うまでもなくマヤのものだ。

淡海より早く門扉に辿り着いたらしい。頑丈で分厚い扉の向こうから、マヤが警戒して吠《ほ》える声が盛んに聞こえる。

「大丈夫だよ、君の知っている人たちだ」

姿を見せた淡海は、マヤに声を掛けてから、門扉の鍵《かぎ》を開けた。

「いらっしゃい。ごめんよ、すっかりこの家の門番気取りでね」

淡海は苦笑いしながらも、どこか嬉しそうにそう言った。

犬のほうは、海里とロイドの顔を見ると、ピタリと吠えるのをやめた。そして「なんだ、お前たちか。つまらない」と言いたげに、さっさと家へ引き返していく。

「マヤ、マジでマヤになるんすか？　つまり、先生んちの子に？」

海里の質問に、家に向かって石造りの階段をゆっくり上りながら、淡海は「うん」とのんびりした答え方をした。

いちばん後にいるロイドは、顔をほころばせる。

「おお、正式に引き取られるのですね？」

淡海は、振り返らずに答える。

「うん。相続人の了承は得ているよ。ただ、口約束はトラブルの元だからね。司法書士にお願いして、きちんと譲渡についての書類を作成してもらうことにしたんだ。だから正式にうちの子になるのは、もう少し先かな」

「でも、手放すつもりはないんでしょ？」

「僕がどうこうというより、大事なのはマヤの希望と気持ちだけどね。ご覧のとおり、少なくとも我が家を自分のテリトリーと認識したようだ」

「先生のことも、ご主人様だと思ってるんじゃないですか。さっきも、俺たちだってわかるまで、あんなにわんわん吠えて」

「どうかなあ。ご主人様というよりは、自分が守ってやらないといけない、頼りない奴だと思ってるかも。散歩だって、僕が連れていくというより、マヤが僕を連れ出してくれているって感じなんだよね」

犬に散歩に誘われる淡海が容易に想像できて、海里とロイドは笑い出す。

「先生、いつもより顔色いいし、マヤのおかげでめきめき元気になっちゃうんじゃないですか？　あ、でも、足取りは重い？」

「散歩疲れが蓄積しているんだよ。シニア犬といっても、毎朝毎夕、小一時間歩くからね。インドア派の作家にとっては、毎日が遠足みたいなものだもの」

「ああ、それは……お気の毒っす。ん？　どうかしました？」

海里は、前を行く淡海が階段の途中で足を止め、何かを拾ったのに気づいて、背後から問いかけた。

「またか……」

そう呟《つぶや》いた淡海は、階段の途中で振り返り、拾ったものを海里とロイドに示した。

「あのね、変なことを言い出したと思わないでほしいんだけど」

そう前置きして、淡海が指先で摘まみ、海里の鼻先に持ってきたのは……松葉だった。

海里はキョトンとしてしまう。彼の背後から淡海の手元を覗《のぞ》き込んだロイドは、無言で小首を傾げた。

淡海は、やや戸惑った様子で、細い目をパチパチさせて言った。

「思えば、なんだけど。マヤをうちの家に引き取った日から、我が家のあちこちに松の葉が落ちているんだ」

確かに、淡海が持っているのは、二本の長い針の根元をテープでくるんと留め付けたような、よく見る松葉である。

ただその松葉は、青々としているわけでなく、妙にドンヨリした緑色だった。一部、茶色く枯れこんでさえいる。

海里は、広い庭を見渡した。

「この家の庭に、松、ないですね」

「そうなんだよ。近くの公園には何本かあるし、芦屋神社の境内はどうかな……あるかも。そういったところから風で飛んできたのかと思ったけど、これまでそんなことはなかったし。それに」

淡海は、家のほうをチラと見て、少し薄気味悪そうな顔つきで肩を竦《すく》めた。

「家の中にもあちこちに落ちていてね。さすがに気になっているんだ。拾って捨てればいいだけで、特に実害はないんだけどさ」

「散歩のときに、マヤか先生が外でくっつけて来るんじゃ？」

「かもしれない。ごめんよ、変なもの見せて」

淡海は松の葉をぽいと投げ捨て、「さ、どうぞ」と家へ入っていく。淡海も、彼についていく海里も、ロイドが無言で、淡海の捨てた松葉をそっと拾い上げ、ベストのポケットに入れたことに、気づくよしもなかった……。

「はあ、マスターは、夏場の僕が食べられそうなものを見つけるのが上手だなあ」

ダイニングで、海里が持参した「差し入れ」を味わいながら、淡海はしみじみと嬉しそうな顔をした。

「素麺《そうめん》は俺が茹《ゆ》でたやつです」

思わず自己主張する海里に、淡海はニッコリした。

「素麺も美味《おい》しいね。自分で茹でるガッツはないけど、他人様《ひとさま》が茹でてくれたものは最高だよ。ヒンヤリ冷たくて、滑らかで、喉《のど》をスルッと通り過ぎるのに、あとから優しい小麦の風味がやってくる」

「相変わらず、淡海先生の食レポは小説みたいっすね」

「小説家だからね。それは仕方ない。あと、テレビによく出ていた頃、グルメ番組の常連タレントたちに、上手な食レポや食べ方を教わったから」

「なるほど。確かに、食レポってコツがありますよね。美味しいのは当たり前なんだから、食べてないのに味と感動が言葉と表情で伝わるように……」

「そうそう。いつもいつも『ん〜〜！』と『やわらかーい！』じゃ、語彙《ごい》がなさ過ぎるからね。僕だって色々考えたんだよ。ああ、これも最高。というか、これは……

何？　何て料理？」

淡海に問われ、海里も思わず口ごもった。

「あー……っと、何だっけ。夏神さんが、古い料理本から持ってきたレシピで、鍋《なべ》ものみたいな……あ、そう、『冷やしちり』！」

「ひやし、ちり。ああ、なるほど、冷やしたちり鍋ということか」

密封容器から海里が皿に盛りつけた料理を見下ろし、合点がいった様子で、淡海は頷《うなず》いた。

青磁の涼しげな角皿の上には、素揚げした茄子《なす》とカボチャ、そぎ切りにして、軽く片栗粉をまぶしてからサッと湯がいた鶏《とり》ササミ、手綱切りにして茹でたこんにゃく、軽く茹でて薄めの一口大に切った焼き豆腐、千切りの胡瓜《きゆうり》と白髪葱《しらがねぎ》、それにおひたしにしたミニトマトが盛りつけられている。

おひたし以外は特に味付けしておらず、二種類のタレをつけて食べる……まさに、冷やしたちり鍋の趣があった。

「あるもん寄せただけやけど、食べやすくはあるやろって、夏神さんが」

「うんうん。さっぱりしていて、しかも無理なくスタミナもつきそうだ。ありがとう」

夏神が他にも作った、茄子や干物を使った簡単なおかずも小鉢に移して勧めながら、海里は淡海にも箸置《はしお》きをプレゼントした。

「うわあ、鉛筆の箸置きかい！　可愛いな。ありがとう。食事をしようという意欲が湧いてきそうだ。今から使うよ」

「洗ってきましょうか？」

「いいよ、大丈夫」

そう言うと、淡海は本当に、涼しげなブルーの鉛筆をかたどった箸置きを皿の手前にすっと置いた。

思いのほか、プレゼントが喜ばれて、海里は胸を撫《な》で下ろし、頷いた。

「先生が飯を食って頑張ってくれないと、マヤが困っちゃいますからね。そういや、マヤはどうしてるんだろ。人間の飯とか、欲しがったりしないんですか？」

「いや、けっこう欲しがるよ。亡きご主人が、よくあげていたんだろうね」

「ああ、なるほど。そうか、子犬じゃないから、これまでの習慣がありますよね」

淡海は、亡き妹の純佳に対するときのような、若干の保護者めいた顔つきで頷いた。

「僕はペットと人間の食は基本的には分ける主義だけど、いきなり環境や待遇が変わりすぎるのは可哀想だ。あげても問題のないものをあげながら、少しずつ調整していこうと思ってる。毎食、一口だけのお裾《すそ》分《わ》け、くらいで折り合いをつけたいところだね」

「正式譲渡はまだかもだけど、もうご主人様の顔ですよ、先生」

「そうかい？　参るなあ。本当は、僕より先立つ生き物はごめんだと思っていたんだけど、やっぱり懐に入れてしまうと可愛くてね。今夜はもう、マヤは眠いんじゃないかな」

淡海のそんな言葉を否定するように、リビングのほうにいたらしきマヤが、ゆっくりと歩いてくる。

シニアといっても、保護したときより毛並みはツヤツヤになっている。動作がややもったりしている以外は、老け込みを感じさせるところはあまりない。

白い毛が増えた口元すら、元からそういう柄であったように見える。

大きい犬なので、ヒョイと前脚をテーブルにかければ、食卓に並ぶ料理を奪うことは容易《たやす》いだろうが、マヤはそういう狼藉《ろうぜき》を働かない犬のようだ。

淡海の横にしずしずと座り、じっと顔を見上げてくる。

「ほらね、こうやって亡きご主人様に催促をしていたんじゃないかな。そりゃ根負けするよね、誰だって」

「確かに」

海里も、思わず同意した。つぶらな目で淡海を見上げつつ、ふんふんとご馳走《ちそう》の匂いを嗅《か》ぎ、静かにぽたりとヨダレを落とす。

あまりにも健気《けなげ》な姿である。

「五十嵐君、この『冷やしちり』、味付けは……」

「してないです。他の料理は味ついてますけど、『冷やしちり』は大丈夫。実は夏神さんが、犬が欲しがるかもしれんやろ、って言って、敢《あ》えて味付けをしないレシピを選んでたんで」

海里の答えに、淡海は大きく一つ、手を打った。

「さすがマスター！　僕の心の弱さまでお見通しか。うーん、どれをあげようかな」

「茄子だけは揚げてあるんで、やめたほうがいいかも」

「ああ、そうだね。犬は腰が悪くなると大変だから、体重コントロールも課題のひとつだ。さて……」

迷う淡海と、もじもじと小さく身じろぎしながら待つマヤの姿に、海里はふふっと笑う。

だがそのとき、彼は、奇妙な声を聞いた。

『はやく』

それと共に、ふわっとした風が、耳元を掠《かす》める。

さらにテーブルの中央あたりに、何かが音もなく落ちた。

さっき、家に入る前に淡海が拾ったのと同じ、二股《ふたまた》の松葉である。またしても、半ば枯れている。

「じゃあ、まずは健康的に豆腐からいこうか。タレはないけど、焼き豆腐だからきっと美味しいよ。お手は？　そう、上手だ。召し上がれ」

待ち焦がれる犬の口に豆腐を入れてやり、その頭を撫でてから、「凄《すご》く美味しいみたい」と海里のほうを見た淡海は、海里が拾い上げた松葉に気づき、首を傾げた。

「またかい？」

「はい、たった今。いつもこんな風に、家の中に落ちてくるんですか？」

「そう、唐突に。気づかないうちに落ちていることもあるけれど……。今朝なんて、うっかり寝坊していたら、額の上に松葉が落ちてきて、目が覚めた」

「マジですか。確かに、実害はないけど、ちょっとしたホラーだな」

「だよね。ああ、やっぱり豆腐じゃ納得しないか。じゃあ、ササミも一切れ。これだけだよ。これで終わりだよ？」

念を押して、淡海はそれでも大きめのササミの一切れを選び、器用に座ったままより近くににじり寄ってくるマヤに与える。

（松葉が落ちてくるのはホラーだけど、今の声は、俺の気のせいかも？）

そう思おうとした海里の気持ちを裏切るように、またしても、一声。

『もっと』

（あ、気のせいじゃねえわ、これ）

この街に来て以来、この世のものではない存在と触れ合う機会を積み重ねてきた海里にとっては、もはや諦《あきら》めに似た心持ちがある。

また、出会ってしまった。何か、不思議な存在に。

まるで、犬の気持ちを代弁するようなその声は、不思議な「音色」だった。

奇妙に歪《ゆが》んだ高い声だが、キンキンしてはいない。

コンピューターの音声と人間の音声の間くらいの、生き物の声というよりは、何かの楽器の音のようにも聞こえる。

発する言葉は短く、平板で、まるで覚えたての外国語のような響きだ。

(もしかして、昨夜ここに来たとき、感じた気配は、こいつのか。あと、帰り道に聞いた声も、同じ……)

やはりここには何かがいる、と淡海に伝えるべく、海里が迷いながらも口を開こうとした寸前。

『海里様。既にお気づきかと思いますが』

頭の中に、直接ロイドの声が響いた。

ギョッとして海里が視線を送ると、ロイドはテーブルの下で、自分も松葉を持ち、海里にそれを軽く振ってみせた。

『申し訳ありません。昨夜、気づくべきでした。このロイドも、まだまだ未熟でございますな』

海里も、犬と戯れる淡海を視界の端に入れつつ、ロイドを見た。自分の指先で摘まんだ松葉を、ロイドが持つそれと見比べる。

葉の長さも、枯れた感じも、色合いも、実に似ている。

「やっぱり、何かいるんだな。俺には、悪いものみたいには感じないけど、お前はどう？　害はある？」

ヒソヒソ声で訊《たず》ねた主《あるじ》に、ロイドは即座に答えた。

『まったくございません。ほどなく消えましょう。小さな命の残り火でございますゆえ。されど、松葉を落とすのも、海里様に話しかけるのも、繋《つな》がりを持ちたいという……何と申しましょうか』

「存在感アピール？」

『それでございます。叶《かな》えて差し上げてもよろしいかと。淡海先生なら、それをお望みになるかと。ただ、わたしが出しゃばるのは……』

ロイドは、珍しく微妙な表情で口ごもった。

かつて、良心を見失った淡海は、自分の好奇心と作家としての知識欲を満たすべく、海里を利用したことがあった。

そのことを淡海は深く悔いているし、海里も許したのだが、海里を主と仰ぐロイドにとっては、未《いま》だに完全に許容することは難しいらしい。

決して淡海を嫌ってはいないが、たまにこうして、根強い警戒心を控えめに口にする。

長い付き合いで、ロイドが「普通の人間」でないことにはとっくに気づいていたとしても、あけすけにその正体を知らせることは憚《はばか》られる。

ロイドが言いたいのはそのあたりのことだろうと、海里は素早く察し、囁《ささや》き声で応じた。

「あ、そうか。じゃあ、こっそり助けてくれる？　不審な言動は、俺がすることにして」

『かしこまりました。では……』

ロイドは声でない声で主に必要なことがらを伝えると、スッと席を立った。

「ちと、失礼を致します」

「ああ、はい。お手洗いの場所はわかっているよね？」

淡海の勘違いに微笑で頷《うなず》き、ロイドは何故かマヤを見て小さく頷くと、部屋を出ていった。

海里は小さく咳払《せきばら》いして、淡海に告げた。

「先生、この松の葉なんですけど」

すると淡海は、すっと居住まいを正した。

「うん、何？　君たち、いつも不思議な存在に近いところにいるから、何か感じることがあった？　実は、松葉の話をしたとき、少しそういう期待をしていたんだけど」

そういうところだぞ、と海里は心の中でツッコミを入れる。

基本的には善良で親切な淡海だが、そういうさりげないしたたかさや小さな打算を見せることがときおりあって、ロイドの不信感も、そのあたりに根ざしているのだろう。

大物政治家である実父の性質を受け継いだのか、あるいは作家の無遠慮な探究心のなせるわざなのか。

いずれにせよ、一筋縄ではいかない人物なのは確かだ。

(でも、俺たち、淡海先生のこと、結局好きなんだよな。妹の純佳さんだって、呆《あき》れながら、怒りながら、でも大好きなままで去って行ったわけだし。マヤも、淡海先生が大好きみたいだし。これが人徳か)

そんなことを思いながら、海里は正直に頷いた。

「俺も先生には言いませんでしたけど、ちょこちょこ声を聞いてるんです」

「声を？　どんな？」

たちまち淡海は、海里のほうに身を乗り出す。

どうやら今回は、作家の好奇心のほうが全開になっているらしい。

「大したことじゃないです。昨日、俺、玩具《おもちゃ》を持ち帰るところだったでしょ？　あのとき『かえして』って声が聞こえて、バッグに玩具が入ってるのに気づけたんです」

「なんと！　誰の声なんだい？　マヤのことを案じてくれている……ということは、もしや、マヤの亡き飼い主さんかい？　死してなお、マヤのそばに留《とど》まり、案じているのかい？」

淡海の細い目がキラキラし始める。

その目の輝きに、海里は覚えがあった。

芸能誌の記者がゴシップに食いついたときの目に、よく似ている。違いは、淡海の眼差《まなざ》しには不思議なほど邪気がないことくらいだ。

無邪気だから、善であるとは限らない。無邪気な刃《やいば》ほど、思わぬタイミングで振りかざされ、深く貫いてくるものだ。

お人好《ひとよ》しの海里も、さすがに少々ゲンナリしつつ、「いえ」と短く言って立ち上がった。

「たぶん、見てもらったほうが早いんで。一緒に来てもらってもいいですか？」

「えっ？　どこへ？」

「すぐそこです。何ならマヤも一緒に」

どこか素っ気なくなった海里の口ぶりに、何かを感じ取ったのだろう。淡海はやれやれというように、頭を掻《か》いた。

「ごめん、なんか僕、嫌なはしゃぎ方をしたね、今。他意はないんだ」

「わかってます」

その反省の早さと率直さも、海里が淡海を嫌いになれない理由のひとつだ。

大人になると、あれこれ弁解して、自分の非を認められない人間が多い中、それは淡海の大きな美点のひとつだと、海里は思った。

「とにかく、来てもらっていいですか？」

「仰せのままに。マヤ、夜の短い散歩をするかい？」

散歩という言葉は完全に理解している黒い犬は、とたとた、と踊るような不思議な足踏みで、喜びを表現する。

淡海は慣れた手つきでマヤにハーネスを装着し、「ついでにトイレもしていいからね」と散歩用のバッグを提げた。

「では、行こうか」

そこで、二人と一匹は、連れだって外に出た。

昼間の焼けつくような暑さではないが、夜になっても、やはりむわっとした熱気が全身を包む。六甲山系の夏は、やけに湿度が高いのである。

閑静な住宅街なので、夜にはほぼ人気がない。街灯の白々とした光が、黒いアスファルトを静かに照らしているだけだ。

「ちょっと怖いっすね」

淡海から借りた懐中電灯で道を照らしながら、海里は少し不気味そうに辺りを見回す。早くも、首筋が汗で湿るのが感じられた。

「神社と公園が近くにあるから、余計にしんと静かなんだ。僕みたいに、夜通し執筆する人間には理想的な環境だけどね。……ところで、どこへ？」

「こっちです」

海里は、先に立ってスタスタと歩いていく。

軽快に、しかし決してリードを引っ張らず、淡海に合わせて少しだけ前を歩くマヤは、海里の行く先に気づいたのか、チラと淡海の顔を見上げた。

淡海もまた、「あそこなのかい？」と、海里に問いかけた。

「あそこです」

海里はあっさり答える。

目的地は、マヤと出会ったあの日、淡海と海里がマヤに誘《いざな》われて向かった、近所の一軒家だった。

幸い、門扉は施錠されていない。

「ちょっとだけお邪魔します」

小声で挨拶《あいさつ》して、海里は門扉を開け、庭に踏み込んだ。

「おや」

淡海は軽く眉《まゆ》をひそめたが、マヤがどこか嬉《うれ》しそうに、リードを軽く引っ張って促したので、仕方がないといった顔つきで、敷地内に入った。

「また、不法侵入になってしまうな。二度目は、少々厄介そうだよ」

「見つからないうちに、退散しましょう。ああ、いた」

家から庭に大きく張り出したウッドデッキの前に、ロイドが立っている。

それに気づき……そして、てっきり懐中電灯かと思った、ロイドの胸の高さで光るものが、実はそうではなさそうなことにも気づいて、淡海はマヤのリードを引こうとした。

だが、それより強い力で、マヤはぐいぐいと淡海をロイドのほうへ連れていく。

「あ、こら。何だい、僕以外は、みんな事情がわかっているのかい？」

「……まあ。ロイド、ありがとな」

「どういたしまして」

控えめにそう言って、ロイドはスッと海里の背後に下がる。

そのアクションで、聡《さと》い淡海は、ロイドが自分と一定距離を保とうとしていることに気づいたらしい。少しだけ寂しそうな目をしたものの、すぐにいつもの感情の読めない顔つきに戻り、淡海は海里に問いかけた。

「どういうこと？」

「松葉の正体。こいつです。俺も、見るのは初めてですけど」

海里は、ウッドデッキの階段に置かれたものを、懐中電灯で示した。

おそらくロイドが、わかりやすいところに置いてくれたそれは、植木鉢……いや、盆栽だった。

四角くて浅い、小振りな植木鉢に植わっているのは、幹がぐるんぐるんと螺旋《らせん》を描くように調整された、松である。

まだ、さほどの年月を重ねていないことは、まだ細く弱々しい幹から察せられる。

淡海はそれを見て、痛ましそうに薄い眉をひそめた。

「僕は盆栽には詳しくないけれど、ほとんど枯れてしまっているようだね。水涸《みずが》れだろうか」

「たぶん。マヤのご主人が、育ててたんでしょう。でも、亡くなったあと、誰も気にしていなかっただろうから」

淡海は、晴れ渡った夜空を見上げた。

「夜になっても、この蒸し暑さだ。昼間の猛暑には、この土の量ではひとたまりもあるまいね。では、まさか」

淡海の視線は、松の盆栽から、不思議な光に視線を移した。

青白い、辺縁のハッキリしない、ぼんぼりのような光は、絶えず少しだけ収縮するような動きを見せつつ、いつの間にかマヤのすぐ傍にいた。

マヤもまた、少しも驚いたり怯《おび》えたりする様子はなく、むしろどこか嬉しそうに、光に鼻先を突っ込んでいる。

「もしや、この光は……」

「このちっこい松の魂です。こんな風に飛び出してるってことは、この松はもう」

「水をやっても手遅れ、ということか。……ああそうか、同じ家にいて、この松とマヤは、顔見知りなんだね」

『いつも、みてた』

光の中から、そんな声がした。

いや、実際は声ではない。ただ思いが声のように、海里と、それから今は淡海の頭の中に伝わった。

(あ、淡海先生にも聞こえてる。ロイドが、こいつに力を貸してくれてるんだな)

以前も、似たようなことがあったと海里は思い出した。

自分も人ならざる、器物に魂が宿った存在であるロイドとしては、海里たち人間より、むしろ目の前の松の魂のほうが、ずっと近い存在なのかもしれない。

それだけに、海里たちにはわからない方法で、そうした不思議な魂たちをサポートすることができるようだ。

「そうか。ご主人が亡くなったあとも、家族みたいに、マヤのことを心配していたんだね。ここにいるよ、見ているよ、と僕に伝えるために、松の葉を落としたんだね」

淡海の言葉を肯定するように、光は大きく明滅する。

「マヤとこの松、同じ頃にこの家に来たみたいです」

海里がそう言うと、淡海はちょっと驚いた様子で細い目を見開いた。

「君、どうしてそんなことを知ってるの？」

海里は無言で肩を竦《すく》める。

ああ、なるほど、と淡海は口の中で呟《つぶや》いた。海里の背後に立つロイドが鍵《かぎ》を握っているのだろうが、それに触れることは、彼らとの友情にひびを入れることだと気づいたのだろう。

それ以上追及することはせず、淡海は光に向かってそっと問いかけた。

「じゃあ、君は、マヤの本当の名前も知っているのかい？」

『ウン』

何年も、人と犬の暮らしを見つめ続けて、人の言葉を少しずつ覚えたのだろう。松の魂は、短く答える。

「教えてくれる?」

『やだ』

明確な否定の返事に、淡海は軽くのけぞる。

「どうして」

『もう、まや』

「!」

淡海は、ヒュッと小さく息を呑《の》んだ。最低限の言葉ではあるが、松の魂が意図するところは、彼にはハッキリ理解できたからだ。

「もう、マヤは、マヤという名前を受け入れて、新しい生活を始めているから。そういうことだね?」

また、光は一度だけ瞬く。

「君は、よくマヤを見ていて、マヤの気持ちがわかっていてくれるんだね。君も、僕のところに来ないか? もう、水をやっても駄目かい?」

『だめ。もう、かれた』

あっさりと、松の魂は、おのれの「肉体」の死を淡海に告げる。

「その……人魂《ひとだま》みたいな姿でもいいよ。ああでも、そうなっちゃうと、長くこの世に留《とど》まるのは余計によくないのかな、植物でも」

「たぶん」

　松の代わりに、海里が短く答える。

　そうかと苦く呟き、淡海は、自分の胸に手を当てた。

「もっと早く、気づいてやれたらよかった。ごめんよ。でも……松の葉を落として知らせてくれたってことは、僕にもまだ、君のためにできることはある？　教えてほしい。君は、マヤの家族みたいなものだからね。きちんとお別れできるようにしたいよ」

　その言葉に、黙って成り行きを見守っていたロイドが、ようやく海里の陰から一歩踏み出す。

「そう言ってくださると思っておりました。ならばこのロイド、海里様と共に、非力ながらもお力添えを致します」

「ロイドさんが？　いや、そうだな。あなたはいつも、マスターや五十嵐君と一緒に、僕を助けてくれた。純佳と別れるときも、何くれとなく心を砕いてくれていましたね」

　ロイドは、微笑んでただ頷《うなず》く。

「何をどうやって、とか、あなたはいったい、とか、そういうことは言わずにおきます。僕は『ばんめし屋』も、そこで働くあなたたちのことも、大好きだから。知りたいという欲に引っ張られて、大事な人を傷つけるのは、もうやめにしなくては。……

ありがとうございます。よろしくお願いします」

海里も、ロイドを振り返って、深く頷く。ロイドは、松の魂に歩み寄り、両手をかざすようにした。

その口から零《こぼ》れたのは、ロイドではなく、松の魂の言葉だった。

『まやと、いっしょに、たべてみたい』

えっ、という驚きの声が、淡海と海里の口から同時に上がる。

『いつも、みてた。いつも、いっしょに、たべてた。たのしそう、だった、から』

松の魂の気持ちを、持ちうる語彙《ごい》では表現できない思いを、ロイドが汲《く》み取り、言葉に変えてみせたのである。

淡海と海里は顔を見合わせ……そして、同時に頷いた。

「わかった。どうやればそれが実現できるかはわからないけれど、助けてくれるね？　やれるかな？」

「淡海先生が、強く願われれば」

「願うとも。正しく別れることの大切さを、僕は既に知っている。妹と、君たちが教えてくれたことだ」

ロイドの言葉に、淡海は力強く答える。海里も、明るい声で言った。

「俺は手伝いしかできないけど、協力します。お別れ会やりましょうよ、淡海先生んちで。主役は、マヤと松……何て呼べばいいのかな。マツコ？　マツオ？」

「どっちも若干のイマイチさがあるね。まつさん、でいいじゃないか。僕んちにご招待してもいいかな、まつさん？」

うぉん。

松の魂の代わりに、マヤが控えめに一声上げて、賛成の意を示す。

「わかった、行こう。マヤを我が家に迎えるにあたり、これも大事なイベントのひとつだ。不法侵入に加えて、若干の泥棒行為だけど、腹を括《くく》るよ」

そう言って、淡海はマヤのリードを海里に差し出した。

そして、松の盆栽を、両手で大事そうに抱え上げたのだった。

五章　見つめるもの

「ごめんな、夏神さん。わざわざ来てもらっちゃって」

「本当に申し訳ない。タクシー代は、あとで必ず精算させてもらうので！　あと出張料理のギャラも！」

ヴァウ！

玄関に入るなり、海里と淡海に口々に話しかけられ、同時にマヤに吠《ほ》えつかれて、夏神は紙袋を抱え込み、靴も脱がずに半歩後ずさった。

「な、なんや！　いや、ギャラとかそないなことはええんで、気にせんといてください。ちゅうか、お前はえらいでかい声やな」

決して犬が苦手なわけではないのだが、やはり初対面で吠えられると、さすがの夏神も少々腰が引けるらしい。

「こら、マヤ。お前の『友達』をお招きしての夕食会を開催するにあたって、わざわざ来ていただいたシェフだぞ。ご挨拶《あいさつ》しなさい」

淡海は、マヤの首輪に手を掛け、夏神に飛びかからないよう注意しながら諭す。淡海の態度に、警戒の必要はないと悟ったのだろう。マヤは数秒、ウウウ、と唸《うな》って「まだ警戒しているぞ」とアピールしたあとで、ふいっとリビングルームのほうへ行ってしまった。

夏神は、焦ってしまった照れ隠しか、額の汗を拭《ふ》く仕草をしてみせた。

「噂には聞いてましたけど、えらいでかいですね。ほんで、真っ黒で綺麗《きれい》な犬や。あれは、ええとこの犬やな」

そんな夏神の感想に、淡海は早くも親馬鹿ぶりを発揮して、薄い胸を張る。

「黒くて大きくて可愛くて賢くて強くてちょっと悪い犬、マヤだよ。さ、どうぞ」

淡海に誘《いざな》われてキッチンへ向かいつつ、夏神は太い眉根《まゆね》を軽く寄せた。

「ちょっと悪い？　犬の『悪い』は、どないなことをしよるんですか？」

「もう大人だからね、大したことじゃないよ。枕や布団を盛大に羽ばたかせてしまう程度で」

「羽ばたかせる……？　枕と布団を……？」

キョトンとする夏神に、海里が笑いながら通訳の任を果たす。

「破いちゃうってことだよ。中身の羽根をほじくり出しちゃうんだ。そうでしょ、先生？」

「そうそう」

その光景を思い出したのか、淡海はあっけらかんと笑い出す。

ようやく事情が飲み込めて、夏神は苦笑いで広い肩を揺すった。

「アホに文学的表現は堪忍してくださいよ。ちゅうか、それ、なかなかにえらいことやないですか？」

「誰も怪我をしないなら、大したことはないのさ」

淡海はやけに晴れやかな表情でそう言ってから、「まあ、怪我はしなかったけれど、掃除するときは、さすがにちょっと泣けたけどね」と悪戯《いたずら》っぽい口調で告白した。


それから、小一時間の後。

真夜中近いというのに、淡海家のキッチンは賑《にぎ》やかだった。

海里とロイドから事情を聞いた夏神が、「それこそ俺の出番やろが」と、出張料理人の任を引き受けたのだ。

店に残っていた食材をかき集めて持参し、海里とロイド、それに淡海までを助手にして、急ピッチで夕食、実質的には夜食作りが進んでいた。

台所には、タマネギを炒《いた》めたとき特有の、香ばしく甘い匂いが漂っている。

淡海は自宅でほとんど料理をしないので、マヤにとっては、珍しい匂いなのだろう。

「危ないから、そこにいなさい」

淡海の言いつけを守り、マヤは邪魔にならず安全なキッチンの入り口で伏せをして、それでも鼻を盛んにうごめかせている。眠気はどこかへ吹っ飛んだようだ。

「お前にも、今日は特別に夜食を用意したるからな。楽しみに待っとれ」

もうすっかり自分の存在に慣れたらしきマヤに、夏神は楽しげに声を掛けた。

まつさんこと、松の魂が望んだ「にんげんのごはん」に、淡海が選んだのは、カレーだった。

箸《はし》を使わずに済むし、何よりたいていの家庭でカジュアルに食べられるメニューだからだろう。

夏神自身、何種類かカレーのレシピは持っているが、今夜は淡海から聞き取った、彼の母親のレシピを再現している。

使うのは、豚の肩ロース薄切り肉、タマネギ、人参《にんじん》、ジャガイモ、そしてしめじと大根だ。ジャガイモは腹に溜《た》まりすぎるので少なめにし、大ぶりに切った大根を代わりに入れるのが、淡海の母親のこだわりだった。

淡海の家に、箱に入ったままで使われた形跡のない圧力鍋《なべ》があったので、夏神はそれで大根と人参を下茹《したゆ》でした。

「嚙んでガリッとする人参大根ほど、テンションが下がるもんはあれへんからな」

それが、夏神の妙に実感のこもった言葉である。

最初に豚肉を脂身がカリッとするくらい炒め、出た脂を絡めるようにして野菜を炒める。その後、トマト水煮を潰《つぶ》しながら入れ、水を注ぎ、ふつふつと沸騰する程度に火力を保ちながら、適宜、アクを取って煮る。

最後に、市販の甘口カレールゥを割り入れて溶かし、パイナップルジュースを一缶加えて、焦げ付かないよう注意しながら十分ほど煮込む。

炊きたての白飯にたっぷりカレーをかけ、これも淡海家伝統の薬味、紅ショウガと固ゆでの卵を添える。

さすがにカレーだけでは……というので、海里とロイドが作ったサラダとオレンジゼリーを添えて、松の木のための最初で最後の「にんげんのごはん」が完成した。

マヤには、脂身を取って炒めた豚肉と、タマネギ以外の野菜を、味付けなしで柔らかく煮込んだスープが特別に用意されている。

「ロイド、頼んだぜ」

海里に声をかけられ、ロイドは「かしこまりました」と、ひとりリビングルームから、掃き出し窓を開けて庭先へ出た。

「ごはんができましたよ、出ておいでなさい」

優しく声を掛けたのは、マヤの亡きご主人様の家から持ち帰り、窓の近くの地面に置いてあった松の盆栽である。

悲しいかな、枯れてしまった盆栽は、辺りに茶色く変色した葉をパラパラと落としている。

ロイドの呼びかけに応《こた》え、あの人魂《ひとだま》のような、鬼火のような青白い光が、ほわっと姿を見せた。夜の闇にそのまま溶けていってしまいそうな、小さな弱々しい光である。

それが、淡海が「まつさん」と名付けた、松の魂である。本体が枯れてしまっては、ほどなく消滅するであろう、小さくて儚《はかな》い存在だ。

「さあ、あなたがお望みになった、『にんげんのごはん』が出来上がりましたよ。マヤさんと一緒に、最初で最後のお食事をなさってください」

どうやって、と言いたげに、一度明滅する光に向かって、ロイドはやはり穏やかに語りかけた。

「お約束どおり、わたしがお手伝いいたします。あなたが、マヤさんと共に人間のお食事を楽しめるように。そして……マヤさんに触れられるように」

ロイドの手が、自分の胸元に当てられる。

「残念ながら、あなた様の本体は、既に命尽きております。あなた様の魂は、ほどなく消え、土に還《かえ》る。もはや、猶予はさほどありますまい。ですが、僅《わず》かな時間でも、あなたが共に育ってこられたマヤさんと共に。亡きご主人様のように、人の姿で。それが、お望みですね？」

またひとつ、光は明滅する。

ロイドは笑みを深くして、自分の顔を指さした。

「ご存じないでしょうが、わたしは、年を経た眼鏡です。ですが、人と共にありたいという想いが力となり、わたしに人の姿を与えてくれています。あなたも。あなたの中にある、人間の姿のイメージを、わたしに教えてください。その形を、共に整えて参りましょう」

さあ、と囁《ささや》いて、ロイドは両腕を広げる。

その腕に誘われるように、光はふわりと虚空を漂い、ロイドのベストの胸元に近づいていく。

「あなたは、どんな姿になりたいのでしょうね。とても楽しみです。さあ、わたしにお手伝いさせてください」

ロイドは目を閉じ、形のない光を両腕で迎え入れ、優しく胸に抱く。

暗がりの中で、ロイドの胸元だけがぼんわりと光を放ち……やがて彼が腕を広げたとき、そこには小学一年生くらいの女の子が立っていた。

「おや、お可愛らしい。まつさん、それが、あなたの中のなりたい人間のイメージなのですね？」

ロイドに優しく問われて、松の木はこっくり頷《うなず》いた。

「いつかみた、きんじょのこども。おさんぽしてるいぬをなでて、うらやましかった」

澄んだ声でたどたどしく言葉を発してから、幼い少女の姿の「まつさん」は、目をまん丸にしてロイドを見た。

「たくさん、しゃべれる！」

「人の姿になると、口が滑らかに回るようになりますよね。わかります。わたしもそうです。人の暮らしと共にあり、いつしかたくさんの言葉を覚えた。わかりますよ。わたしもあなたと同じ境遇です。眼鏡と盆栽という違いはあっても。いえ、あなたの場合は、もとから生き物という大きな違いではあるのですが、それでも」

深い共感のこもった視線を、ロイドは目の前の少女に向けた。

「可憐《かれん》で素敵なお姿です。マヤさんに触れることも、今なら叶《かな》いますよ。さあ、ダイニングへ行っておいでなさい。一秒も無駄にしてはなりません。限られた時間ではありますが、どうぞ、楽しくお過ごしになれますように」

「うん！」

少女はマッシュルームカットの髪をサラリと揺らして頷き、家の中へと軽やかな足取りで駆け込んでいく。

動きに伴い、カサ、カサ、と微《かす》かに聞こえるのは、彼女の身体から落ちた、枯れた松の葉が落ちる音だ。

その裸足《はだし》の小さな足や、ギンガムチェックのAラインのワンピースの裾《すそ》がはためくさまを、ロイドはとても切なく、愛《いと》おしげな眼差《まなざ》しで見送った。


「いらっしゃい！　出張『ばんめし屋』、ただいま開店や」

最初、突然現れた裸足の少女に驚いたものの、すぐにそれが松の魂、つまり今夜の主賓であると察した夏神は、店にいるときと同じ笑顔で彼女を迎えた。

マヤも少女に駆け寄り、まずは全身をふんふんと嗅《か》ぎ回る。

あるいは犬の優れた嗅覚《きゅうかく》で、少女がいつも庭先にいた「松の盆栽」だと気づいたのだろうか。

マヤは少女にじゃれつこうとして床を蹴《け》ったが、あまりにも華奢《きゃしゃ》で小さなその身体に遠慮したのか、代わりに前脚で、少女のふんわりしたワンピースの裾を掻《か》いた。

「まや、ちゃん」

祈りの言葉のようにその名を口にして、「まつさん」は、床に座り込んだ。そして、さっきロイドが自分にしてくれたように両手を広げ、最初は怖々、すぐにしっかりと、犬の太い首を抱いた。

「さわ、れる！　わあぁ」

べろんべろんと長い犬の舌で顔じゅう舐《な》め回され、少女は悲鳴と区別がつかない歓声を上げる。しかし、「たすけて」と言いながらも、その顔には満面の笑みが浮かんでいた。

そっと部屋に戻ってきたロイドは、「まつさん」のためにかなり力を使ったのだろう、さすがに疲れた様子で、それでも夏神に笑顔を向けて小さく頷いた。

そんなロイドに頷き返すと、夏神は大きな手をパンと打った。

「ほい、遊びは食後！　まずは飯や。さあ、はよ座りや、お嬢ちゃん……そっちの犬は、坊ちゃんお嬢ちゃんどっちや？」

「お嬢さんだよ、マスター。マヤだ」

「やんちゃなお嬢ちゃんふたりか。そらはしゃぎもするやろけど、せっかくのカレーライスが冷めてまうで」

いかにも料理人らしい夏神の言い様に苦笑いしつつ、海里はテーブルに近づき、いちばん上座にあたる席の椅子を引いた。そして、恭しく少女を促す。

「では、お席にどうぞ、お嬢様」

Tシャツにハーフパンツではさまにならないとはいえ、そこは昔操《と》った杵柄《きねづか》、舞台役者の本領発揮である。

まだ床に座ったままだった「まつさん」は、犬から手を離し、海里の顔を見上げて、ぼうっと頬を赤らめた。

「おじょうさま」

「そう、人でも松でも、お嬢様。ついでに犬もお嬢様でいいよな？　マヤお嬢様は、こっち」

海里が示したのは、「まつさん」の椅子のすぐ横に置かれた、特大サイズのクッションである。

ある程度人語を解するとはいえ、マヤが「お嬢様」という言葉を知っていたかどうかは定かでない。それでも、自分が敬われたということは、何となく通じたのだろう。

マヤはスッと顎《あご》を上げ、まるでギャロップをする馬のような気取った足取りでやってきて、クッションの上にスフィンクスのように落ち着く。

その堂々たる貴婦人ぶりに感心しながら、海里は「まつさん」に微笑みかけた。

「さあ、そちらのお嬢様もどうぞ。とと、こっちもクッション必要かな。淡海先生」

「はいはい、ただいまお持ち致しますよ！」

こちらも執事っぽい言葉遣いで応じ、淡海はリビングのソファーから座りやすそうなクッションを取り、両手で捧《ささ》げ持って駆け足で戻ってくる。

ふかふかのクッションの上におそるおそる座った少女は、海里が椅子ごと前にぐっと動かすのに「わあ」と驚き、それからオーク材の立派なテーブルの縁を小さな手で撫《な》でて、また「わあ」と言った。

「おじいさんの、き。でもう、ここにはいない」

淡海はハッとして、それから心配そうに少女に問いかけた。

「そうだね。これはずっと昔から、この家にあったテーブルだ。君の言うとおり、君よりずっと古い時代を生きて死んだ、お爺《じい》さんの木だよ。……もしかして、こういうのは嫌かな？　あっちのガラスのテーブルのほうがいいだろうか」

気を回す淡海に、少女はむしろ不思議そうに小首を傾げる。

「どうして？　おじいさん、いたら、おもいっていうかも。でも、いないから。きれいだし、すべすべ」

「構わない、ということだね？　ふう、よかった。つい、人間の立場だったら、人体を加工したテーブルなんて……と想像して慌ててしまったけれど、感覚の差、認識の違いだね。勉強になった」

「あっ、俺まで怖い想像しちゃった。小説家の想像力、今はしまっといてくださいよ、先生」

「ごめんごめん。では、主賓と、濡《ぬ》れた鼻のご友人がお揃いになったことだし、深夜のディナーを始めますか。まずは、乾杯ということで」

淡海の言葉に従い、海里は、少女の前に置いた小振りのグラスに、牛乳を注いだ。

マヤの前には、ステンレス製のしっかりした器が置かれ、そこには犬用の牛乳が入れてある。

海里には違いがわからないのだが、どうやら犬が消化できない成分を除去して調整したものらしい。

「じゃあ、乾杯を……って、あああ、もう飲んでる！　マヤ～」

器が目の前に置かれた途端、「待て」は覚えていなかったらしいマヤは、勢いよく牛乳を飲み始めてしまった。

がっぽ、がっぽという小気味良い音と共に、黒い毛皮に白い雫《しずく》が次々と飛ぶ。

「かん、ぱい？」

知らない言葉に不思議そうな「まつさん」に、海里は困り顔で答えた。

「お互いの幸せとか健康とか長生きとか、そういうのを祈って、グラスをこう持ち上げたり、ほんとはマナー違反だけどちょんと当てたり……まあ、いいか。牛乳、どうぞ」

すると少女はグラスを持って少し考え、「まや、げんき、しあわせ、ながいき」と言ってから、冷えた牛乳をこくんと飲んだ。

それが、「まつさん」なりの、マヤのための願いと祝福を込めた乾杯の音頭だと気づいて、人間たちと眼鏡は胸を打たれる。

　自分はもうすぐ消えてゆくので、マヤからのお返しは求めないということなのだろう。潔い諦念《ていねん》が、人間の姿の幼さとあまりにアンバランスで、人間の大人たちには、それが余計に切なく感じられる。

「おみずより……きもち、いい」

　心配そうに見守っていた一同は、「まつさん」の感想に、ホッと胸を撫で下ろした。

「気に入ったんだね。そういうときは、美味《おい》しい、と言うんだよ」

「おいしい。おいしい！」

　素直な歓声に、淡海の顔がほころぶ。

　しかし、これはまだディナーの第一段階である。おそらく「松の盆栽」にとっては、今夜口にするのはすべて生まれて初めて、そして最後に味わうものばかりだ。

　今さらながら、果たして受け入れてもらえるものかと、海里の心臓はドキドキし始めた。

（あんまり考えてなかったけど、野菜って植物だもんな。松の木に食わせて大丈夫なのかな。共食いみたいなことにならないかな。いや待てよ。俺たちだって哺乳類《ほにゅうるい》だけど、同じ哺乳類の牛や豚食ってるもんな。そうだな。考え過ぎか……！）

　グルグルとあれこれ悩みつつも、今さら他の料理を用意することはできない。海里は、夏神が綺麗《きれい》に盛りつけてトレイに載せて寄越《よこ》した料理を、ひとりと一匹のもとへ運んだ。

「いきなりメインディッシュの、カレーライスでございます！　初心者に優しい甘口、しかもパイナップルジュースでフルーティに仕上げました」

そう言って、海里はまず「まつさん」の前に、スパイスのたまらない匂いを漂わせるカレーの皿を置いた。

楕円《だえん》形の深さのある白い皿は、繊細な金の縁取りがあって、まさにカレーのためにあるような器だ。淡海の実家でずっと使っているものを、お裾分《すそわ》けとして二枚だけ持たされたらしい。

「こちらのスプーンをお使いくださいませ」

今夜はギャルソン役に徹することにしたらしい海里は、皿の横に置いてあったスプーンを取り、自ら食べる仕草をして手本を見せてから、少女の小さな手に持たせてやる。

そうしておいて、海里は、次にマヤの前にもう一客、ステンレスの容器を置いた。

「今夜は特別な食事会だからな。お前も、夜食を召し上がれ」

夏神特製の「味付け皆無、百パーセント素材の旨《うま》みスープ」は、既にほどよく冷めて、ほんのり温《ぬく》もりを感じる程度になっている。

牛乳でお腹が落ち着いたのか、今度はクッションの上にきっちりお座りをして、

「もういい？」と言いたげに見上げてくるマヤに、淡海は笑顔で言った。

「どうぞ、召し上がれ。まつさんと一緒に、楽しくね。まつさんも、どうぞ」

「うー」

初めて手にしたカトラリーの冷たさと重さに驚いた様子の少女は、それでもおっかなびっくりで、スプーンを両手で持ち直し、ざくっとご飯に突き刺した。

「あああ、まあどう食ってもいいんだけど、やっぱりご飯とカレーは一緒がいいと思う。ちょっと失礼」

うっかり慇懃《いんぎん》な態度を忘れて慌ててしまった海里は、ご飯とカレーを少しずつ掬《すく》い、少女に差し出した。

こちらも、ロイドの猫舌に慣れっこの夏神が、「松かて熱いもんはアカンやろ」と十分に冷ましてある。それでも海里は、「ふーふーして、ぱくり」と慎重な食べ方を、大袈裟《おおげさ》な食べる芝居で教えた。

「ふー、ふー……ぱくり」

少女はやはり重そうに両手でスプーンを持ち、先端から口に入れる。

「あああ、あんまり突っ込みすぎないように……そうそう、そんで引き抜いて。そう」

もはやサービス担当というよりはお母さんの趣だが、海里は緊張しつつ少女のもぐもぐと動く口元を見守る。

ごくん、とカレーライスを飲み下して、少女はしばらく言葉を探すように首を左右に倒していたが、やがて「おいしい！」とハッキリ言い、にこっとした。

それを合図に、マヤもスープを食べ始める。こちらは、やはり猛烈な勢いだ。

それにつられた様子で、「まつさん」も、今度は自分で不器用にご飯とカレーを掬い、ややご飯が多すぎる状態で頬張った。

二口、三口と休みなくスプーンが動く様子に、キッチンの入り口から様子を窺《うかが》っていた夏神は、目尻《めじり》に深い笑いじわを刻んだ。静かに近づいてきたロイドと、控えめなハイタッチで喜びを共有する。

「にんげんのごはん。いっしょにたべる。おいしい。たのしいね」

少女はスプーンを持ったまま、足元でガツガツとスープを平らげるマヤを見下ろし、にっこりした。口元にカレーが少しついているのが、何とも言えず愛らしい。

しっかり夕飯は食べたし、先刻、淡海の夕食のお裾分けも貰《もら》ったはずなのだが、そんなことはおくびにも出さず、マヤは「これが初めての晩ごはんです。お腹ペコペコです」と言わんばかりに肉の塊をくわえて大きく幾度か咀嚼《そしゃく》し、幸せそうに飲み込む。

興奮してチラリと見える白目に、「まつさん」はきゃっきゃっと笑った。

「たのしいね！　あのにんげんさんも、たのしかったね」

いつしか少女を挟んで立つポジショニングになっていた淡海と海里は、顔を見合わせる。

「あの人間さんというのは、マヤの亡くなった……死んだご主人様のことかい？」

淡海の言うことがすべては理解できないのだろう、少女は曖昧《あいまい》な首の動かし方をしながら答えた。

「わたしとまや、いたところ。にんげんさんもずっと、いた。まやと、おさんぽして、ごはんをたべて、いつもにこにこ、してた。わかる。たのしい」

本当に楽しそうな少女の様子に、淡海は痛ましげに目を伏せた。

「そうか。君も、マヤをずっと見ていてくれたんだね。マヤも、君のことをちゃんと知っているみたいだった。……もっと早く、君の存在に気づいてあげられたらよかったのに。そうしたら、君はもっと長く、我が家でマヤと一緒にいられたのにね。ごめんよ」

「ごめん」

自分の謝罪の言葉を少女にオウム返しされて、淡海は困惑して細い目を見開く。

ごめん、と何度か繰り返し、「まつさん」は不思議そうに淡海に問いかけた。

「ごめん、って、なに？」

「えっ？」

咄嗟《とっさ》に答えられない淡海から、少女は海里に視線を滑らせる。

「にんげんさん、どたーんってたおれて、まやをなでなでして、いってた」

「なんて言ってた？」

海里の問いに、少女はすぐに答える。

「ごめんな、でも、ありがとう。ずっと、そういってた。うごかなくなるまで」

淡海は、はっとした。

マヤの亡きご主人様が、いまわの際に遺《のこ》した言葉を、「まつさん」が伝えてくれたことに気づいたからだ。

「ごめんな、でも、ありがとう……か」

海里も、その言葉を小さく声に出してみる。

そんな海里にも、「まつさん」は問いを投げかけた。

「ごめん、ってなに？　ありがとう、ってなに？」

「えっ」

無邪気に問われた海里は、言葉に詰まって軽くのけぞる。

「何って……ええと、ごめんは、謝罪。いやそんなこと言ってもわかんないか。悪いことをしたって思ったときに……いや、この場合は、別に悪いことしてねえ！　どう説明したら」

「ごめんもありがとうも、人間は色んなとき、色んな意味で使うんだ。とても難しくて、とても素敵な言葉たちだよ」

アワアワする海里に代わって、落ち着いた様子で言葉を発したのは、さすが小説家というべきか、淡海であった。

「んー？」

上半身を左右に傾け、身体で「わからない」を表現する幼い少女の傍らに片膝《かたひざ》をつき、すぐ傍にいるマヤの背中を撫《な》でながら、淡海はこう続けた。

「マヤの亡くなったご主人様は、マヤと、もっとずっと長く一緒にいたかったんだよ」

「わたしも」

「そう、君も同じ気持ちだったよね。亡きご主人様は、マヤも、ずっと一緒にいたいと思ってくれているのを知っていた。なのに、そうできなくて、残念で、悔しくて、悲しくて。そして、マヤを同じ気持ちにしてしまうことが申し訳なくて『ごめん』、ひとりぼっちで遺していくことに『ごめん』だったんだろう。できたら許してほしい気持ちも……きっとあったと思う」

マヤは、頷《うなず》くでもなく否定するでもなく、ただじっと、黒々した瞳《ひとみ》で淡海を見ている。淡海は、言葉の意味を説明というよりも、ごく自然に自分の経験を語っていた。

「一方で、これまで一緒にいてくれて、好きにならせてくれて、好きになってくれて、『ありがとう』って言ったんじゃないかな。ごめん、僕の言うこと、全部はわからないだろうけど……どうかな？」

「わからない」

あっさり告白し、それでも「まつさん」は、淡海の額にそっと指先を当てた。

「ことばは、あんまりわからない。でも、なんか、わかる」

「そうかい？　何かは……たぶん僕の心がそのまんま、ふわっと伝わったんだね。僕にも、同じ言葉を伝えたかった人がいたからかな」

少女のひんやりした指先は、淡海に、亡き妹の幼い日の姿を思い出させる。

思わず、その小さな手に触れようとした淡海は、あっと声を上げた。

淡海の指が、「まつさん」の手の中に、ずぶっと沈んだのだ。それはまるで、柔らかくなったバターに触ってしまったときのような感触だった。

さっきまではしっかりした実体を保っていた少女の身体は、少しずつ、その存在を失いつつあるようだった。

「海里様、淡海先生、そろそろ」

ロイドが小さな声で、ささやかな宴《うたげ》の終わりを告げる。

おそらく、「まつさん」自身が、誰よりもそれを知っていたのだろう。少女は、ゆっくりと椅子から下りた。

ダイニングのタイルの床に触れた瞬間、むき出しの足の裏が、音もなくへしゃげ、薄れて、さらさらと砂のように消えていく。

「あっ」

海里も、思わず声を上げた。一歩踏み出そうとする彼の腕を、そっと引いたのはロイドである。

「最後は、お二方で、お別れを」

「あ……ああ」

海里はロイドのほうを見て、小さく頷き、また「まつさん」と、その傍に寄り添うマヤを見た。

もはや、ふくらはぎのあたりまで消えてしまった少女だが、特に苦痛は感じていないようだ。

大きな黒い犬は、抜けるように白い肌の少女に寄り添い、切なげな鼻声を出して、去りゆく魂を引き留めようとしているようだ。

「まや」

大切そうに犬の名を呼び、「まつさん」は、ゆっくりと両腕を広げた。マヤに向かって差し伸べた手も、既に半ば消えかかっている。

おおおん、と情けない声を上げ、その場で足踏みをしたマヤも、お別れを悟ったのだろうか。身体のわりに細い尻尾《しっぽ》を悲しげに垂らし、少女の真ん前に行儀良く座る。

そんなマヤを、「まつさん」はゆるりと抱く仕草をした。

実体をほぼ失った身体では、さっきのように、犬を抱き締めることがもうできないのだ。

それでも彼女は、犬の白いものが交じる頬に、自分の頬を愛《いと》おしげに擦りつけた。

やわらかそうな唇が動き、想いを込めた言葉が零《こぼ》れる。

「ごめん、ありがと」

マヤは、触れられているはずなのに感じられない少女の身体に戸惑いながらも、じっと座り続けている。

「ありがと」

二度目のありがとうは、少女の視線の先にいる、ロイドに向けられていた。

そして……。

皆が固唾《かたず》を呑《の》んで見守る中、少女の指先から、全身が少しずつ揺らぎ、薄らぎ、まるで夜空の花火が消えてゆくときのように、見えなくなっていく。

かさ、かさ……と乾いた音を立てて、床の上に枯れた松葉が散らばった。

うぉぉん。

直接触れ合ったのは、今夜が最初で最後。でも、ずっと互いに見守ってきた「友達」が消え去ったことを感じ、それを悲しんでいるのだろう。

マヤは辺りを見回し、どこか不安げに天井を仰いで、遠吠《とおぼ》えのような声を上げた。

「大丈夫。君には、僕がいる。頼りないけれど、亡きご主人と『まつさん』が君をずっと見守り、共に生きてきたように、これからは、僕が君と一緒にいるよ。正式な書類はまだだけれど、約束する。きっと、君と末永く併走しよう」

約束する、と静かに、しかし凛《りん》とした声音で繰り返した淡海は、マヤの身体を自分の脚にもたれかからせ、黒くて大きな頭に、自分の骨張った手を置いた。

新たなご主人様、あるいは相棒に改めて挨拶《あいさつ》をするかのように、マヤは淡海のチノパンの腿《もも》に、濡《ぬ》れた艶《つや》やかな黒い鼻をギュッと押し当てる。

「ねえ、五十嵐君」

「はい」

呼びかけられて、海里は淡海のほうへ一歩、近づく。

淡海は、マヤを慰めるように長いマズルを指先でなぞり、ぽつりと言った。

「この前、君が朗読してくれた『街路樹の独白』だけどさ。『まつさん』とマヤがくれた、この小さな経験をふまえて、さらにブラッシュアップしていける気がする」

「俺も、あの小説のこと、思い出してました」

海里も、静かに応じる。淡海は、いつもは感情の読めない細い目に、静かな決意を湛《たた》えて言った。

「街路樹の想いに、『まつさん』の魂も乗せてやりたい。改稿するよ。そうしたら、また、新しいバージョンを君の声で読んでくれるかい？　同じ記憶を持つ者として」

「勿論《もちろん》です」

海里も、深くゆっくりと頷いた。

「俺も、今見たものを、ちゃんといっぺん心の中に入れてから、もう一度、あの作品を朗読したいです」

「おや、奇遇だね」

「もっと、街路樹の心を深く表現できる気がするんで」

「ますます奇遇だな、僕もだよ。……お互い、ほんの短い、でもとても美しい、真夏の夜の夢を見たね」

「はい」

二人は頷き合うと、どちらからともなく、庭へ下りた。マヤも、新しい主《あるじ》に続く。

水分を含んだ夜気はねっとりと重く、しかし、暗い夜空に、薄い雲を切り裂くように光る細い月は、とても涼やかだ。

早くも鳴き始めた虫の声と、昼間の熱をまだ吐き出す土の匂いが、彼らを包む。

魂が旅立った松の盆栽は、ついに細い枝だけになっていた。

枯れた葉は、すべて落ちてしまっている。

若くして命を終えた松を見下ろし、淡海は言った。

「見守る。見送る。見送られる。全部、ひとりじゃできないことなんだ。誰か……大切な人がいるからこそ、できることなんだね」

海里は、淡海の言葉を嚙《か》みしめるように少し沈黙し、それから、淡海の顔を見た。

「だから、寂しかったり悲しかったりするけど、幸せ、なんですよね」

淡海は頷き、傍らで、自分を静かに見上げてくる黒い犬を見つめ返した。そして、しみじみとこう言った。

「そうだね。その寂しさも悲しみも痛みも、幸せから生まれたものだ。そしておそらく、再び、思い出という幸せに還《かえ》っていくものだ」

淡海は、自分自身に問いかけるように呟《つぶや》いた。

「失って、別れて、出会って。人生はその繰り返しだし、君も僕も、いつかは死んで、失われる側にまわる。そのとき僕の大切な誰かの胸に、小さな穴が空いてほしい。かつての僕の居場所が、誰かの心にずっと残ったまま……穴という形でずっと共にいたい。そんな我が儘《まま》は、許されるだろうか」

そんな淡海を見て、海里は微笑む。

「先生の胸にも、妹さんの……純佳さんの遺《のこ》していった穴、あるんでしょ？」

「ある。彼女が去ったあとも、穴は残っているよ。彼女がいた場所が、今も消えずに僕と共にある。それが痛みであり、救いでもある」

「だったらきっと、それは、いい我が儘なんだと思います。俺にはまだ、そういう気持ちはわかんないけど、いつか」

海里は、冴《さ》えた月を見上げて言った。

「俺もいつか、そう願うんじゃないかと思います。そのときにはきっと、今夜のこと、淡海先生の言葉、思い出すんだろうな」

「まあ、その時、君の胸に、僕の分の穴はまだないと思うよ。僕、物凄《ものすご》く長生きするつもりだから」

「……台無しじゃないですか！　せっかくいい流れだったのに」

照れ隠しのような他愛ないやり取りをして、淡海と海里は笑い合う。

そんな二人の後ろ姿を、家の中からガラス越しに、夏神とロイドが温かな眼差《まなざ》しで見守っていた……。

エピローグ

『この先何十年も、わたしはここに立っていると思っていた。葉を茂らせ、実をつけ、虫や小鳥たちを養い、道行く人々を見守る。そんな日々が、よもやこんなに早く終わりを迎えるとは、思ってもみなかった』

道路工事のため、急に伐採されることになった、街路樹。

そんな斬新な主人公の独白で構成された淡海五朗の短い習作を、ガランとした部屋で、パイプ椅子に腰掛けて朗読しているのは、五十嵐海里だ。

タブレットの中の彼の姿を見ながら、よく響く声を聞きながら、里中李英はリビングルームで、踏み台昇降を繰り返していた。

海里が、先日送ってきた動画と同じ作品の、別の動画を送ってきたのは、三日前のことだった。

「悪い。前の奴、ダウンロードしてたら消してくれ。こっちを聞いてほしい。たぶん、全然違うから。よくなってるはずだから。我が儘言うけど、頼む」

そんな、海里らしいストレートなメッセージが添えられていた。

以来、その動画をもう何十回再生したことだろう。

動画が撮影された場所は、李英も馴染《なじ》みの、淡海五朗邸二階の稽古場《けいこば》である。

録画したものを、何の編集も加えず送ってきたのだろう。

ときおり、すぐ近くの公園で遊ぶ子供たちの声や、救急車のサイレンが聞こえるが、それが不思議と雑音になっていない。

むしろ、街路樹が植えられている街角の雰囲気を、はからずもそうした生活音が演出してくれているようだ。

音質はほどほどだし、編集作業が加わっていない分、口ごもりや読み間違いといったミスもそのままである。

それでも、海里の朗読には、聞きづらさをねじ伏せる力がこもっていた。

まるで中毒患者のように聞きまくっても、少しも飽きない。

それどころか、聞くたびに何だか身体に元気が湧いてくるので、李英はこうして、海里の朗読動画を再生しながらエクササイズをすることにした。

おかげで、これまでは苦痛でしかなかった運動を、楽しみながら続けることができている。耳に神経が集中していると、痛みや息苦しさから意識が逸《そ》れるのだ。

『秋に葉を落とすと、人間たちはよく悪態をついた。ゴミが増える、と言うのだ。彼らがぞんざいに掃き集め、忌々《いまいま》しそうに袋に詰めるその同じ葉で、夏の強い陽射しを遮り、人間たちに涼しい木陰を与えてやったというのに。人間は、すぐに忘れる生き物だ。それは、わたしたちより短い命しか持たぬ哀れな生き物だからだと思ってきた。だが、その人間が、まだ何十年、いや、もしかすると百年以上も生きられるはずだったわたしを、いとも容易《たやす》く切り倒そうとしている。それに抗《あらが》うすべはない』

台に上っては下りる、それだけのこと。

単純で、退屈で、何の面白みもないその運動が、自分の身体に再び力をつけてくれることを、リハビリを長く続けて来た李英は知っている。

健康を取り戻したと思ったら、また倒れ、スタート地点に引き戻され……。

それを何度食らっても、舞台の上に再び立ちたい気持ちがある限り、諦《あきら》めることはもうすまいと、最近の李英は気持ちを立て直しつつある。

そんな彼の心の拠《よ》り所になっているのが、海里のこの動画だった。

『理不尽ないきさつで命を終えることに怒るほど、この世にもこの場所にも執着はない。とうに飽きている。行き交う車が吐き出す排気ガスにもうんざりだ。戯れに葉をむしられることにも辟易《へきえき》している。毎度、根元に重くて臭いゴミを積まれるのも、酔っ払いに小便をかけられるのも、もうたくさんだ』

（先輩、こういうブツクサ言う芝居、昔から凄《すご》く上手《うま》いんだよな）

休みなく踏み台昇降を続け、僅《わず》かに息を乱しながら、李英はクスッと笑った。

すぐ癇癪《かんしゃく》を起こすわりに逃げず、しつこい。妙な粘り強さがある。

ミュージカルに共に出演していた頃、海里について、演出家がそんな風に評価していたのを思い出し、李英の笑みが深くなる。

体当たり、そして力尽《ず》くで自分が演じるキャラクターと一体化していた、かつての海里の姿が、今の自分に戦う力をくれるような気がしたのだ。

(でも、先輩は昔のままの先輩じゃない。もとから優しい人だけど、もっと……優しさが深くなった気がする)

街路樹の不平不満をまくしたてる海里の朗読は、短い沈黙を経て、ふっと温かく、優しい声音に変わる。

『ああ、しかし。あの子のことだけは気がかりだ。母親に大事そうに抱かれた赤ん坊のあの子が、初めてわたしの前を通ったのは、遠い春の日のことだった。小さな温かな手を伸ばし、わたしの幹に触れた。そんなことをしたのは、あの子だけだった。そのときから、あの子はわたしにとって、忘れられない存在になった』

李英が共に倉持悠子のレッスンを受けていたときには、海里の朗読には、舞台役者にありがちな「力み」が感じられた。

台詞《せりふ》を言うとき、つい声を張ろうと腹に力を込め、存分に感情を乗せてしまう。

しかし、今の海里の朗読は、いい意味でフラットだった。

それなのに、赤ん坊の小さな手で触れられたときの街路樹の感動が、聞いている李英の胸に真っ直ぐ迫ってくる。

それは、微動だにしない、しかも面を着けた能楽師の全身から、狂おしい悲しみや怒りが放たれるさまによく似ていた。

声音を大袈裟《おおげさ》に変えたり、声量を上げたりすることではなく、声に込める圧を変化させること、そして僅かな間の取り方で、独白に感情を染み込ませる。

そんな朗読、いや、芝居を、海里はいつしかできるようになっていた。

動かない、物言わない街路樹の独白には、今回、海里が選択したその表現方法が、ピタリとはまっている。

『その赤ん坊が、おぼつかない足取りでちょこまかと歩く幼い女の子になり、その子がやがて煉瓦色《れんがいろ》のランドセルを背負うようになり、セーラー服の長いスカートをヒラヒラさせて走っていくようになり、華やかな服装で仲間と笑い合いながら歩くようになり……。わたしは、あの子が杖《つえ》をついて、休み休みゆっくり行き過ぎる日まで、その姿が見えなくなる日まで見守るのだと思っていた。それはもう、叶《かな》わぬこととなった』

李英は、踏み台を下りたところで動きを止め、腕時計で自分の脈拍を確認した。

小休止したほうがいいタイミングだ。水を飲み、肩周りのストレッチをしながら、海里の朗読にいっそう気持ちを添わせていく。

『世を去る者の気持ちを、愛《いと》おしい者を置いてゆく者の気持ちを、わたしはついに知った。苦く、悲しく、寂しく、気がかりで……しかし、そうした気持ちの底の底に、ほんの少しだけ嬉《うれ》しさと安堵《あんど》があることに、わたしは気づいてしまった』

（それにしても、面白いなあ、この短編。というか、この設定。普通、この手の話だと、街路樹は老木がお約束だよね。長い年月、街を見守ってきた老木が、ついに切り倒される……みたいなやつ。だけどこれは、そうじゃないんだ。もっと長く生きるつもりだった、まだ若い木なんだ。でも、人間にとっては何十年もそこにあった木。人間と木は、同じ場所にいても、違う時間を生きているんだな）

淡海は、すべてを懇切丁寧に描写するタイプの作家ではない。特に、感情表現についてはかなり淡泊で、読者に解釈や想像の幅を広く与える作風だ。

それだけに、海里が朗読で加えた街路樹の想いは、より強く李英の胸に刺さった。

『あの子より先に世を去る。あの子の死を知らずに済む。もしかすると、あの子が、わたしの死を悼んでくれるかもしれない。その涙を、いや、それはあまりに傲慢《ごうまん》な期待かもしれない。しかし、わたしの切り株を見て、わずかに曇るであろうあの子の眉《まゆ》を想像するだけで、私の心は満たされる。もう、夏の陽射しから守ってやることはできない。日傘を持ちなさい。そして、わたしがいない世界で、幸せな、一日でも長い人生を。ああ、誰かの幸いを願いながら死んでいくのは、なんと幸せなことだろう』

朗読を終えた動画の中の海里は、しばらく俯《うつむ》いて無言でいた。

指先で、ひょいと涙を拭《ぬぐ》うような仕草をしたあと、海里は顔を上げ、それからはにかんだ笑みを浮かべて口を開いた。

『ちょっとした経験をして、俺、街路樹の気持ちを、もっと理解できるようになった。で、どうしてももう一度読んでみたくなって、この動画を撮ったんだ。舞台でやったときより、よくなったと思う。その……こんなのは励ましにならないとは思うけど、お前もさ。絶対、病気になってからの経験が生きるときが来る。しんどい思いをしたお前だからこそできる芝居が、きっとある。俺、それを見たい。絶対、見せてくれよな。負けないように腕を磨いて、待ってるから』

長い動画を、海里はそんなメッセージで締め括《くく》っていた。

李英は、画面の中の海里に、そっと話しかけた。

「待っててください。僕、絶対に戻りますから。先輩と同じ板の上に立って、勝負しますから」

そして、タブレットの電源を落とした彼は、「僕、負けないんで」と呟《つぶや》き、小さく微笑んだのだった……。

4卵：ゆで卵をスライスしたもん、炒り卵やオムレツ（ちょいしっかり目に火を通してください）、ゆで卵をマヨネーズと和えた卵サラダ……卵があると、サンドイッチが華やぎますんで、是非。

5ツナ：ツナ缶があるわ〜っちゅうときは、汁をよう切ってそのままでもええし、マヨネーズと和えてもええし、意外とケチャップと和えても、サンドイッチの具としては面白いもんです。大人の場合は、粗挽き胡椒を利かせとくとええですね。

6人参：人参は、ラペがええかな。まずは人参を（俺は、チーズグレーターでガリガリ削るみたいに細こうおろします）細切りに。スライサーがあったら使うと楽です。リンゴの細切り、ピーナッツ、アーモンド、レーズンなんかもあったら取り合わせてもええですね。味付けは……そうやな。人参2本使うたら、酢を大さじ4、油を大さじ2くらいをベースに考えてもろて。別のボウルに酢と油を入れて、泡立て器やスプーンでよう混ぜて味見してください。ほんで、好みの酸っぱさ、甘み、しょっぱさになるように、酢、砂糖（蜂蜜でも）、塩胡椒を足してください。塩の代わりにほんの数滴、薄口醬油を垂らしても合います。サンドイッチの具材としては、ちょっと強めの味でもええと思います。あればマスタードを足すと、味がグッと締まります。調味料の味が決まったら、人参と合わせて、しばらく冷蔵庫で調味料を吸わせてください。弁当に詰めるときは、水気を切ってから。

7ほうれん草：ほうれん草は、必ず茹でて、ぎゅうううううっと絞ってください。その上で、卵と一緒にオムレツに。あるいは、ちょっと意外な取り合わせなんですが、ちりめんじゃこや釜揚げシラスがあったら、バターで炒め合わせても乙な味になります。スパイス系の塩で味付けすると、面白い感じの具材になります。

8甘いもん：手持ちのジャムやマーマレード、ピーナッツバター（これは甘うないやつも旨いですね）、チョコレートスプレッドなんかを入れとくと、お子さんだけやなく、大人もなんや嬉しいもんです。小さい容器かカップがあったら、是非。

9その他：チーズ、炒めたピーマン、茹でたインゲン、焼いたりレンチンしたりしたカボチャなどなど、色々あるもんを挟むと、なんかええ感じになるもんです。自由に試してください。俺は、手持ちがあったら、具のないケチャップスパゲティや焼きそばも詰めときます。思いのほか、喜ばれます。大人も童心に返りますね。

10調味料：具材にしっかり味をつけてもええですし、もし基本は薄味で……っちゅうことやったら、塩胡椒、マヨネーズ、マスタード、ケチャップなんかを別添えしてもええと思います。イガはこないだ、サンドイッチに手持ちのふりかけをちょいがけしてました。あれはどうなんやろ……。俺も今度、試してみようと思います。

※あんまし欲張って挟みすぎると、食べるんが大変なんで……いや、それも楽しいか。好きにやってください。口直しに、ミニトマトやピクルス、ラディッシュなんかを容器の隙間に詰めといても、実にええもんです。お手拭きも忘れんと、たっぷりめに。
デザートはシンプルに、カットした果物や、さっぱりしたゼリー、ヨーグルトがおすすめです。

どうも、夏神です。夏場はどうしてもつるつるっとした麺ばっかし食べとうなるもんですけど、パンも、サンドイッチにすると喉を通りやすい気ぃがしますね。お好みサンドイッチでままごと気分を楽しんでもろたら、食欲も出るん違うかな。
とはいえ、夏の弁当には、必ず保冷剤や保冷バッグを使うてください。その上で、なるたけ早う食べてもらうんがキモやと思います。スタミナつけて、頑張っていきましょ。

イラスト／くにみつ

夏バテの淡海先生もニッコリ！　お好みサンドイッチ弁当

今回は、敢えて「材料」をハッキリ書かんと、大雑把なレシピにしよかと思います。パン用の容器、具材用の容器を用意してもろて、パンと具材を別々に詰めてください。パンはかさばるんで、ちょい大きな、そんで、乾燥せんように密封できる容器がええです。具材は、ひとつの容器に詰めてもよし、小分けにしてもよし。ひとつに詰め合わせるときは、交ざらんように、カップなり仕切りなり、活用してもろたらええと思います。
具材は全部揃える必要はないんで、あるもんを使うたり、好きなもんに置き換えたり、自由にやってください。あれこれ取り合わせてパンに挟むと、たいていのもんは不思議と馴染むもんです。ここでご紹介するんは、あくまでも案っちゅうことで!

パン

食パンのサンドイッチ用スライスを食べたいだけ。耳は切ってもつけたままでも、好きなようにしはったらええです。片面にバターをたっぷり塗って、塗った側を合わせて1組に。大人用は、ペアの片方をからしバターにしてもええですね。パンを半分か、4分の1に切って用意しはっても、より色んな種類の具材を試せて楽しいと思います。勿論、ロールパンやらフランスパンやらでも、ええですよ。

具材

1生野菜いろいろ：スライスしたトマト、スライスして水にさらしたタマネギ、ちぎったレタス、かいわれ大根、千切りキャベツ、セロリなんかがあると、サンドイッチにボリュームが出て、見栄えもようなります。葉ものはよう洗ったあと（大事）、水気をしっかり拭き取ってから詰めてください。トマトは、勿体ないけどジュルジュルんとこはきっちり取ってもらうと、パンに挟みやすうなります。

2肉・魚いろいろ：ハム、ハンバーグ、焼いたソーセージ・スパム・コンビーフ・ベーコン、サラダチキン、魚肉ソーセージ、焼き魚（鯖とかええですね!）、甘辛う煮たそぼろ（大豆ミートを使うても旨いです。卵でとじても）、茹でた海老のマヨネーズ和え、とにかく何でもええです。主役になるもんをドーンと。

3胡瓜：胡瓜はなるべく薄切りにして（細長うても、丸でもかめへんです。ピーラーやスライサーがあったら、是非、活用してください）、ザルかバットに広げて、塩と酢をぱっぱーと振りかけて、10分ほど置いといてください。酢は、お好みのもんを。うちでは、酢に少し砂糖を足して、寿司酢の手前、くらいの味加減でやってます。ワインビネガーなんかでもお洒落でええと思います。胡瓜がしんなりしたら、水分をよう拭き取って詰めてください。あったら、胡麻を振りかけたりしてもええですね。

本書は書き下ろしです。
この作品はフィクションです。実在の人物、団体等とは一切関係ありません。

最後《さいご》の晩《ばん》ごはん

優《やさ》しい犬《いぬ》とカレーライス

椹野道流《ふしのみちる》

令和6年 7月25日　初版発行

発行者●山下直久

発行●株式会社KADOKAWA
〒102-8177　東京都千代田区富士見2-13-3
電話　0570-002-301（ナビダイヤル）

角川文庫 23824

印刷所●株式会社暁印刷
製本所●本間製本株式会社

表紙画●和田三造

ISBN 978-4-04-114141-0　C0193

◇◇◇

角川文庫発刊に際して

角川源義

第二次世界大戦の敗北は、軍事力の敗北であった以上に、私たちの若い文化力の敗退であった。私たちの文化が戦争に対して如何に無力であり、単なるあだ花に過ぎなかったかを、私たちは身を以て体験し痛感した。西洋近代文化の摂取にとって、明治以後八十年の歳月は決して短かすぎたとは言えない。にもかかわらず、近代文化の伝統を確立し、自由な批判と柔軟な良識に富む文化層として自らを形成することに私たちは失敗して来た。そしてこれは、各層への文化の普及滲透を任務とする出版人の責任でもあった。

一九四五年以来、私たちは再び振出しに戻り、第一歩から踏み出すことを余儀なくされた。これは大きな不幸ではあるが、反面、これまでの混沌・未熟・歪曲の中にあった我が国の文化に秩序と確たる基礎を齎らすためには絶好の機会でもある。角川書店は、このような祖国の文化的危機にあたり、微力をも顧みず再建の礎石たるべき抱負と決意とをもって出発したが、ここに創立以来の念願を果すべく角川文庫を発刊する。これまで刊行されたあらゆる全集叢書文庫類の長所と短所とを検討し、古今東西の不朽の典籍を、良心的編集のもとに、廉価に、そして書架にふさわしい美本として、多くのひとびとに提供しようとする。しかし私たちは徒らに百科全書的な知識のジレッタントを作ることを目的とせず、あくまで祖国の文化に秩序と再建への道を示し、この文庫を角川書店の栄ある事業として、今後永久に継続発展せしめ、学芸と教養との殿堂として大成せんことを期したい。多くの読書子の愛情ある忠言と支持とによって、この希望と抱負とを完遂せしめられんことを願う。

一九四九年五月三日